典耀中华

中国文学大奖荻奖作家作品集

小青柑一样的房子

刘梅花 著

主编 王子君

副主编 沈俊峰 陈晨

U0684701

北京时代华文书局

图书在版编目（CIP）数据

小青柑一样的房子 / 刘梅花著 . -- 北京 : 北京时代华文书局 , 2025. 6. -- (中国文学大奖获奖作家作品集 / 王子君主编). -- ISBN 978-7-5699-5894-2

Ⅰ . I267

中国国家版本馆 CIP 数据核字第 2025NG4505 号

XIAO QINGGAN YIYANG DE FANGZI

出 版 人：陈　涛
项目统筹：张彦翔
责任编辑：王盼盼
责任校对：李一之
装帧设计：李　超
责任印制：刘　银

出版发行　北京时代华文书局 http://www.bjsdsj.com.cn
　　　　　北京市东城区安定门外大街 138 号皇城国际大厦 A 座 8 层
　　　　　邮编：100011　电话：010-64263661　64261528

印　　刷　三河市人民印务有限公司
开　　本　710 mm×1000 mm　1/16　　　成品尺寸：155 mm×220 mm
印　　张　13　　　　　　　　　　　　　字　　数：181 千字
版　　次　2025 年 6 月第 1 版　　　　　印　　次：2025 年 6 月第 1 次印刷
定　　价　69.00 元

出版说明

20世纪八九十年代，茅盾文学奖、鲁迅文学奖、老舍文学奖相继设立，一批批优秀的文学作品通过评奖活动为广大读者所熟知、追捧，在社会上引起强烈的反响，并得以跨越时空流传。这说明，文学的繁荣不仅需要国家政策的大力支持，更需要社会力量的广泛参与。进入21世纪，随着文学创作队伍不断扩容、优秀作品不断涌现、阅读热潮不断兴起，设立的文学奖项也越来越多。虽然多得有令人眼花缭乱之感，但不可否认的是，其中不少奖项已产生了巨大的社会效益，不少优秀作品、优秀作家脱颖而出，这对于中国文学事业的蓬勃发展起到了促进的作用。

2023年春，教育部等八部门印发《全国青少年学生读书行动实施方案》。随后，122家国家语言文字推广基地共同发出"典耀中华"主题读书行动倡议。多家具有文化情怀的出版社和出版机构立即响应，相继推出各种适合青少年阅读的图书。就是在这种背景下，"中国文学大奖获奖作家作品集"书系（以下简称"获奖书系"）应运而生。

获奖书系由北京世图文轩文化发展有限公司（以下简称"世图文轩"）策划、北京时代华文书局有限公司（以下简称"时代书局"）出版。我非常荣幸地受邀担任主编。

世图文轩成立于2010年，系在北京市乃至全国较有影响力的图书发行公司之一，曾获得"重合同守信用企业""诚信经营示范单位"等荣誉称号。长期以来，世图文轩和众多出版社进行合作，获得了合作伙伴的一致好评。而时代书局立足时代，矢志书写时代，为时代的文化产业大改革、大发展、大繁荣做出贡献，是一家有远大梦想、有创新理念、有品牌追求、有精品面市的出版单位。在"典耀中华"主题读书行动倡议中，世图文轩和时代书局决策层敏锐地抓住机遇，迅速策划获奖书系选题，彰显优秀出版人的眼光、魄力与胸怀，以及通过出版优秀作品提高文化市场发展质量的理想。这样两家致力于图书策划、出版的企业，其品牌信誉是毋庸置疑的。

为大众，特别是成长中的青少年读者集中推送一批中国各种散文奖项获奖作家的个人作品集，是一件虽然困难，却功在当代、利在未来的大好事，我能参与其中，深感荣幸，同时一种使命感、责任感以及担当精神也油然而生。

经过反复讨论，我们先选择向茅盾文学奖、鲁迅文学奖、"五个一工程"奖、全国少数民族文学创作骏马奖、中国人口文化奖、冯牧文学奖、冰心散文奖、百花文学奖、丰子恺散文奖、朱自清散文奖、汪曾祺文学奖、中国报人散文奖等12种奖项的获奖作家征集书稿。后因个别奖项参与者少，又做了适当的调整。书系规模暂定为100部。相对于众多的奖项、庞大的获奖者队伍和现今激增的作家人数，100部显然太少，但作为一种对获奖作品的梳理、对获奖作家的检阅的尝试，或许可以管中窥豹，从中观察到我国这几十年来散文创作的大致样貌。我们希望此书系今后可以持续出版，力争将更多的有影响力的奖项与获奖者的优秀作品纳入，形成真正的散文大系。

令人特别感动的是，刚开始组稿时，王宗仁、陈慧瑛、徐剑、韩小蕙、王剑冰、蒋子龙等作者就对书系表现出极大的支持和信任，并在第一时间提供了书稿以示鼓励。随着组稿工作的开展，我们发现，众多作家都表现出对这个书系的浓厚兴趣与高度认可，他们对当代散文创作事业的发展前景有着共同的期待与信心。这对我和我的编委团队无疑是一种巨大的鼓舞。

组稿虽然费了不少周折，但总体上比想象中顺利得多。当然，非常遗憾的是，一部分作者的作品由于版权授出等原因，未能加入这个书系。

书系里，名家荟萃，佳作如林。有的，曾代表过一种新的创作范式；有的，曾开启过一种新的创作方向；有的，对某一题材开掘出更深、更独特的思想；有的，有引领某类题材与风格的新面貌；等等。100 部，就是 100 种人生故事、100 种生活态度、100 种阅历见识、100 种思维视角、100 种创作风格。无论是日常生活、人生成长还是哲理思考，我们都跟着作者们去感受、感悟、感怀——由 100 部书稿组成的书系，构成当代散文创作的一个缩影。

要做好这样一个大工程，具体的、烦琐的编辑事务远远超出了我们的预想。但是，我们没有知难而退。我们困于其中，也乐于其中。

在组稿、编辑过程中，我思考一个问题：我们为什么要读书？

每年的 4 月 23 日，是"世界读书日"。据说，每到这一天，会有 100 多个国家举行读书活动，旨在提醒人们重视阅读。我无法用一大段富有理论价值的话语来论断为什么要阅读，但以我个人的阅读感受，我坚信，只要阅读，就一定会有用——在浩瀚无垠的宇宙里，我们不过是一粒粒微尘，但阅读也许能让一粒粒微尘落在坚实的大地上，变成一粒粒微尘般的种子吧。而且，我认为阅读要趁年少。年少时你读过的书，你背诵过的诗歌、散文、格言、小说章节，随着时间的推移，你可能会淡忘，可能很难再复述出它们的具体内容，但其实它们早已对你的人生产生了潜移默化的影响，你从这些书中汲取到的营养，已经融入你的价值观、世界观和你的生活哲学。因此，我们组织的书稿，必须能成为真正可读的、有营养的、有真善美力量的作品，能真正在人心里沉淀下来。

习近平总书记在文艺工作座谈会上讲话时指出："优秀文艺作品反

映着一个国家、一个民族的文化创造能力和水平。吸引、引导、启迪人们必须有好的作品，推动中华文化走出去也必须有好的作品。"我们希望，这个书系能成为读者眼里"有正能量、有感染力，能够温润心灵、启迪心智，传得开、留得下，为人民群众所喜爱"的优秀作品。再过十年、二十年甚至五十年，这套书系依然能够有读者喜欢，有些篇章能经得起岁月的洗礼，真的成为经典。

当然，任何一套书系都做不到十全十美。我在编纂这套书的过程中，最大的感受是，当代散文创作无论是题材、创作方法，还是思想容量、艺术表现力，已真正呈现出百花齐放的态势。我希望读者亦能如我一样，从中感受到散文天地的无垠无际，感受到散文的力量。

在此，特别感谢给予我们信任与支持的作家，特别感谢包括世图文轩、时代书局在内的所有为此书系的成功出版付出了辛勤劳动的团队和师友。

谨以此文代为书系的说明。

2025 年春，于北京

目录

小青柑一样的房子

土　豆

父亲在沙漠里种植土豆。那条干河，一滴水都没有，曾经是汉朝的大河，穿过腾格里沙漠边缘。我们的一块土地在干河边，平整疏松。

本来种了葵花，然而被沙老鼠祸害得不剩几根苗。有些葵花苗只剩下秃桩，有些苗嫩嫩的茎叶被咬掉一大口，剩下残骸摇摇晃晃。沿着地埂的那一垄全都倒伏，根被咬断。

沙老鼠大模大样地在葵花田里掘洞，到处是洞口和它霸道的爪印。大水漫灌过后，鼠洞全都泡塌，沙老鼠抱头鼠窜。

父亲决定补种土豆。他不能拯救已经枯萎掉的葵花苗，只能种新的庄稼，土地不可能闲着。切块的土豆拌了草木灰，一窝一窝种到沙地里，蒙上白色的地膜。土豆垄和地埂平行，像断了脊椎骨的蛇一样，软晃晃地伸长。

土豆发芽很慢。父亲时不时刨开沙土，查看种子的情况。毕竟天气越来越热，土豆有可能会捂坏在沙子里。不过还好，土豆块慢慢萎缩，肉质的嫩芽伸出一点点，缓慢顶破土层。

芽体伸出来了，一小撮，顶在地膜上，撒开小小的叶子。一簇嫩叶，绿绿的，肥肥的，那么纤弱。父亲跪在沙地里，把地膜撕开一个小洞，把一簇一簇的土豆芽儿掏出来，根部压紧湿土。

沙漠里的太阳毒，没多久，那些脆弱的绿芽就耷拉下来，蔫蔫的。没关系，早晚温差特别大，它会在夜里生长。黄昏时分，太阳落下，寒气弥漫。白色的地膜上吸附的层层水珠子，一颗一颗渗到沙地里。土豆苗慢慢抬起头，一点一点伸直自己。

夜色里，父亲坐在地埂上，吃烟，观察土豆苗。烟是旱烟，自己卷的烟卷，笨拙，粗糙。苍穹很高，星星繁密，风吹得散淡，若有若无。胡杨叶子似乎在摆动，似乎又没有。

大地上全是庄稼生长的声音，小麦拔节，咯吱咯吱。荞麦开花，窸窸窣窣。西瓜扯着藤蔓，悄悄朝前爬，沙沙沙沙，抛出豆粒大小的瓜，顶着萎谢的小黄花。玉米枝叶茂盛，在夜色里黑黢黢的，飒飒响，有一种鼓荡的气势。

对于植物来说，沙漠在这个时期暗暗地释放出透明的生长因子。快长啊，快长。那些因子在空气里大喊大叫。

地头有沙枣树，花非常细小，米黄色，三朵一攒。沙枣花在一瓣一瓣凋谢，飘落在沙地上。花朵飘落的声音很轻微，不惊扰别的作物，几乎悄无声息。沙地上覆盖着薄薄一层碎花屑，清香沉下又浮起。

后来，每次读到"簌簌衣巾落枣花"，心里总是有一种莫名的感动。我年少时枣花落了一地。

父亲抽完最后一根烟卷，吭吭干咳几声——有一天我在路上走着，不经意干咳了几声，声音和父亲的干咳声一模一样，吓我一跳。那时候我十七八岁。而现在，这种干咳声已经根深蒂固，走几步路就得吭吭两声。这种遗传令人吃惊。明明我不想咳嗽，嗓子也好好的。但是忍不住。

土豆苗长势很好，不用担心。父亲站起身，扔掉烟蒂，避开脚底下的庄稼，走到紫花苜蓿地里。很快，传来咔嚓咔嚓收割苜蓿的声音。这种收割声显然过于粗糙，惊吓到了别的作物。庄稼生长的声音猛然间停顿了一下，片刻后继续沙沙沙生长。有些作物被割走，有些作物正在生长。

我在地头等父亲。庄稼生长的声波，锋利的镰刀割下苜蓿的声波，喀喀的干咳声，脚底踩在苜蓿茬上的咔嚓声，包裹着我。夜还不深，我已经困得眼皮打架，昏昏欲睡。

父亲从紫花苜蓿地里走出来，看不见我，高声喊——梅娃子——梅娃子——

他的肩上扛着一大捆整齐的苜蓿草，苜蓿茎秆被割断，茬口滴着浓绿的汁液，散发出青草独有的味道，新鲜而野蛮。我牵着他的衣角，高一脚低一脚踩在乡间沙路上，回家。

灰毛驴老远就听见我们的脚步声，闻到青草诱人的香味——对于灰毛驴来说，苜蓿草是清香无比的美味。它咴咴叫着，声音欢快，蹄子不停地刨地皮，急得不行。

院子里有葡萄架，我睡在葡萄架下，夏天太热了。葡萄也才豌豆大，一攒一攒，藏在叶片后面。庭院里的花朵都收拢花瓣睡了，一点儿声音都没有。我在灰毛驴咀嚼苜蓿草的声音里酣然入睡。

毫无疑问，土豆丰收。秋天，我们撕掉地膜，把土豆从地垄里刨出来，一窝一窝白白净净的漂亮土豆，新鲜得让人想立刻咬一口，脆脆地生吃。

土豆越刨越多，那么多的土豆，简直把我们惊呆了。父亲从未收获过如此多的土豆，有些措手不及。

"我们捣了土豆的老窝。"他嘿嘿笑着，有些得意。

整整两窖土豆。整个冬春，都在吃土豆。土豆炖白菜、土豆饼、土豆丝、土豆蔬菜羹。有时候也有土豆煨鸡汤。

长得歪瓜裂枣的、很小的、铲伤的，这些不完美的土豆都挑出来，煮熟了，喂给家里的鸡和黑猪。

冬天长夜里，窗外大雪。父亲把土豆烤熟，掰开，咬一口，哈出热气，笑着说，多好吃的土豆哇。

小青柑一样的房子

那房子是废弃的水磨坊。很小，只有两间。

里间曾经是磨坊，沉重的石头磨盘和巨大的木头水轮被人卸走，只留下一个大窟窿，一眼看到磨坊下的河水里去。河水还在兀自流淌，发出咆哮的声音，水花倒也没溅到屋子里来。屋角一只旧木斗，落满灰尘。这间屋没啥用，不小心一脚踏空会掉到河里去。所以里间门锁着。

空屋散发着孤单的气息——是一种潮湿和耗子出没的古怪味道，被光阴抛弃的霉味，还有依稀残留在空气里的粮食味道。

外间屋一盘土炕，铁皮火炉，挂着半截碎花布门帘，烟熏火燎。老头儿坐在门槛上，吃着煮熟的土豆，眼睛朝着河那边的山坡上瞟。他的胡子花白，沾着土豆屑，眼睛迎风流泪，不得不时时擦眼睛。

磨坊前的水槽已经腐朽，只剩下一些烂木头，长满黄绿的苔藓。然而，水磨坊土墙和屋顶的苔藓却是黑绿色，有点发霉的那种，厚厚一层，像墙皮的衣裳。苔藓从水槽边蔓延过来，淹没水磨坊，吃掉一些烂木头、石阶，锈在墙上、屋顶上。黑绿色的苔藓野蛮覆盖，简直要吞噬掉小小的屋子。

河那边，青布衣衫的老奶奶正从山坡上走下来。坡上有一小块土豆田，她薅草、施肥。现在土豆开花了，紫色的，很好看。老奶奶走几步，眯起眼睛瞅水磨坊。房屋烟囱正冒着炊烟，深灰色，袅袅盘旋一会儿，散了。干柴烧的炊烟是淡青色，湿柴烟雾重、颜色深。一群麻雀黑压压飞过水磨坊顶，朝着对面的山顶飞去。天空下，云朵下，水磨坊驮着一身黑绿色的苔藓，墙面斑驳，像一枚小青柑。

她慢腾腾走着，手里拎着根旱柳棍子，惊动草丛里的蛇。山路已经完全被野草攻陷，看不清路的样子，她的脚陷在草窠里摸索着走。打碗花开得如火如荼，差点儿把模糊的小路点着。

老奶奶走到河岸，灌木丛浓密，野气，比她都高。河上没有桥，跳坝石也没有。她卷起裤脚，钻进灌木丛，世界一下子幽暗起来，蛤蟆在呱呱大叫。她知道哪儿的水浅一些，慢慢摸索着走到河水里，蹚水而过。

她走到小青柑屋子前，裤脚全湿了。吃土豆的老头儿挪动身子，给她留出进门的空隙。她湿淋淋地进到屋子里，一股土豆的焦香扑鼻而来。

两个老人有一搭没一搭地聊天、吃土豆、喝茶。低矮的小屋一点儿也不暗，亮堂堂的，小小的牛肋巴木头窗子糊着的白纸破了，风丝渗进来。山谷空旷寂静，河岸是浓密的树林，鸟儿在叫，小兽在逃窜，风扫着薄荷叶子，扫着鼠尾草，空气里花香和青草的味道弥散。

他们像在世界深处，或者说与世界失去了联系，孤零零，有点可怜。但又那么自在，逍遥在红尘之外似的。

黄昏，老头儿过河，去赶牛羊回家。山谷里空荡荡的，没有贼会偷他的牲口。然而，土狼出没。不怕贼偷，就怕狼惦记。老头儿吧嗒吧嗒将不太灵光的打火机摁着，点燃一支烟卷，大声吆喝藏在草木里的牛羊。

老奶奶锁上水磨坊的木头破门，回头朝着渐渐幽暗的小村庄走去。村庄里只有他们家一户人家，其余全是些残垣断壁。全村都搬迁到山外，然而老两口不想走，打发儿子们搬走。他们留下来，放牧牲口，过简单的日子。

老头儿赶着牛羊，细碎脚步踩到青草上，簌簌的，也朝着村庄走。山头上，土狼大模大样地叫，声音尖厉刺耳，又惊悚，一种王者气象和孤独的哀嚎。牛羊夹紧尾巴，一路小跑，它们感知到了危险。毕竟它们的主人是个衰老的老头儿，打不过土狼。

带头嚎叫的，一定是那匹老狼，一身蓬乱的硬毛，眼神晦暗。老狼耳朵有个缺口，不知被哪个野兽咬掉的。它的爪印常常出现在冬天的雪地里，有时候也在村庄里留下一大串。然而它从没咬死过羊。可能牙齿不行了。

老头儿听出来，今年的老狼嚎叫时，声音里多了一种绝望和悲伤。也许，老狼是和他告别，毕竟也算是老熟人了，抬头不见低头见。他觉察到这些时，老狼过不了多长时间就会消失。他从没见过死掉的狼，不知道老狼最后的归宿在哪里。

老狼一声接一声嚎叫，牛羊加快了蹄子，颠儿颠儿晃动着吃饱的肚子一路小跑。老人听出声音里的悲伤，但一声不吭，自己也走得快了些。人和兽没有必要隔着山头应答，人的尊严或者是威严，就是不要出声，沉默，不理睬。

老狼伸长脖子立在山顶的桦树下，是一匹细腿子老狼，在杂草里跋涉的孤独者。它从高处观察着牛羊和老人进了村庄，窗口透出灯光，庄门咣当一声闩住。

老奶奶端出一锅排骨汤，切碎的野菌菇在汤里晃荡。地皮菜煮得软塌塌的，薄饼也软塌塌的，适合牙齿不好的老人吃。火炉里干牛粪冒着青烟，火苗扑闪。老头儿枯瘦的手指捏着面饼，咕哝了句什么，老奶奶没听清。

大雨骤然而来，雨点敲打着院子里的青草。土狼的嚎叫声消失，它被大雨撵走。而另外一种凄凉的叫声在雨中呜咽，有点瘆人。黑夜里会有各种小兽叫，老人习惯了。人类走后，野兽试图接管山野。

可是如果他们搬到山外，就吃不到美味的草膘羊肉、牛排骨和野菌菇，那两间小青柑一样的房子也会因为没有人照顾而倒塌。水磨坊是老头儿父亲守了一辈子的屋子，墙上还贴着他父亲糊的报纸。一个人越老，就越是思念自己的父母，没办法。

老奶奶披着一件旧棉衣，坐在炕头吃烟。她烟瘾重，但只在晚上吃。老头儿拧开收音机，随便听一听。有时候秦腔还在咚咚锵锵，他已经在轻轻打鼾。深山潮气重，一阵阵冷气从门缝里袭来，老奶奶裹紧身上的旧衣服，把几块干牛粪丢进火炉。

雨点一阵紧一阵疏，打在青草尖。有什么关系，随着意思下就是。夜深深，山谷里漆黑，野兽的叫声渐渐落下，万籁俱寂，牛粪火弱下去。

怪　兽

有一天，我写了一篇童话。

在沙漠深处，生活着一种古老的怪兽。这种怪兽蛰伏在沙子里，很少有人见到。它的外壳有点像穿山甲，土黄色，坚硬粗糙，糊着一层沙土。有四只脚，其实两只就足够了。爪甲锋利，稍微卷曲，走路颠着小碎步，相当快。

怪兽的肚子特别大，圆鼓鼓的。尖嘴巴又阔又深，能吃下整只兔子。然而它并不想吃兔子，连沙蜥蜴、沙老鼠都不吃。怪兽的牙齿像磨盘一样，能磨碎石子、枯树桩。

它吃东西的时候，两腮颤抖，发出呼噜噜的声音。舌头也很发达，舌头上布满尖刺，只要它伸出舌头舔一下乌龟，乌龟的那层壳就脱了，一点儿不剩。当然它也不舔乌龟。沙漠里没有乌龟。

怪兽只有在冬天才出洞，其余季节蛰伏。对于沙漠里的物种来说，大自然在这个季节已经结束，只剩下大雪和冷风。然而，怪兽才醒来——它应该是被冻醒的。你不知道沙漠的冬天有多冷呢，简直能把沙漠自己冻死。

怪兽昼伏夜出，踏着小碎步，走出沙漠。它的食物很复杂——田野里的枯枝败叶，废弃的地膜，扔掉的长筒胶鞋、塑料桶、旧衣服、废纸。总之，大地上一切废弃的东西，都被它吃掉。

这是因为它醒来的季节不对，沙漠已经结束生长，大地上没啥可吃的东西。而且它的嗅觉和视觉不发达，分辨不清食物和垃圾。它只管吃，只管吃，一直吃到天亮，才拖着笨重的肚子回到老巢里。

整个冬天，怪兽越来越笨拙、迟钝，越来越大腹便便，因为吃进去的垃圾很难消化掉。出于健康考虑，怪兽不得不提前休眠——它虽然很饿，但是一肚子垃圾又没地儿处理。

但是怪兽越来越少。就算是常年在沙漠里乱窜的野骆驼，也难以见到怪兽的身影。沙狐狸到处找也没找到怪兽。估计，是被那些吃进去的废物给胀死了。它们休眠之后，再没有醒来。

我写怪兽的时候，梦见了沙漠，还有我家的小院子。我在院子里捶打一些胡麻草秆，翻来覆去地捶，不知道捶绵软了要做什么。可能是想织铠甲，给我家灰毛驴穿上，免得它被野狗追。

"千万别让怪兽看见，不然被它吃了，不好消化。"我在梦中就这样嘀咕。

又梦见邻居家的小麦没晒干就入仓，结果全部发霉了。他们一家把生了虫子和黑毛的小麦当作肥料撒在土豆地垄里，铲起湿土压住。

"怪兽也别看见这些东西，否则吃了会中毒。"我叮嘱邻居。

有一天，我在屋前的空地上给花草换土，和邻居们有一搭没一搭地聊天，看见一个长得像秃鹫的人走过去。他的头发稀疏，露出红赤赤的头皮，头发朝后梳过去，整个人粗俗臃肿，像一头野兽。

"这是个秃鹫人，最会制造垃圾。"有个小孩说。

我在小说的结尾补了一句：怪兽至死也不明白，那些胀死它的垃圾就是秃鹫人制造的。虽然秃鹫人也会死掉，然而，死掉的只是个体的秃鹫人，作为秃鹫人这种物种，或者说是类型，一定会一直存在。

实际上，秃鹫人的存在，就是为了证明该物种不会灭绝。如果想明白这个问题，生活其实一点儿都不难。

干柴垛，羊皮袄

我很小的时候，还够不到庄门钉锔，不能独自出门去野。日光很高的正午，我坐在厨房门槛上，奶奶在灶台前烧火。天窗里透下来一柱白光，灰尘在光柱里飞旋。灶膛里的干柴发出叭叭的爆裂声，冒出青烟。青烟带着淡淡的草木清香味，在厨房里缭绕。

人间烟火，大概说的就是这些。奶奶烧的干柴多是香柴，也有鞭麻、枇杷，还有树林子里拾来的白杨树枝子。白杨柴燃烧时，烟味有点苦。酸刺枝子不好烧，刺多，很扎人，烟味也清香，带点酸。

厨房里幽暗，天窗里投下的那束光深沉而浓厚，吸附掉灶台上的暗影，照亮光柱里所有飞扬的尘土。那束白亮的光切割开重叠的暗沉，厨房古老得像几千年的样子。墙壁熏得黑黝黝的，上面画着一些乱七八糟的白痕，那是我干的。才学会拿干柴画道道，便踮着脚尖，把能够着的地方都画遍了。

柴烟弥漫，一锅水冒着白汽，奶奶坐在青烟里，脸上的光影亮了暗了，看不清。她的头发缠在一条青色的手帕底下，脑后露出发髻，别着一枚银簪子。银簪子是老太太给的，老太太是奶奶的母亲，常来看望她的女儿。

奶奶的身影晃荡在厨房昏暗的柔光里，灶台上那团白白的水蒸汽黏稠而轻软，半透明的玉似的，深深吸附了烟熏火燎，陷在淡淡的青烟里，浮在深幽的暗影里。厨房那么黯淡、幽深，而那团白雾不断升腾，沉甸甸地散去。

院子里没有黄草垛青草垛，只有矮矮的一个干柴垛，还有一个牛粪堆。牛粪是谁拾来的呢？我不知道。三四岁的小孩，还是个憨憨儿。我常常去干柴垛下晒太阳，麻雀落在柴垛顶上，乱叫。我把鞋子脱下来，塞进干柴缝隙里，赤脚跑。

奶奶经年都穿一身青色，大襟衣裳，纽襻系得紧紧的。缠过的小脚，青布鞋，裤脚用青色布带束起来，走路时细脚伶仃。庄门朝里扣着，南墙下开着各色的虞美人，还有一畦蔓菁，地埂上点着几棵葱。

老太太在我的记忆里已经模糊，也许她也穿着一身青色。但是她有没有缠着青色手帕呢？只记得她身形小，瘦削，乐呵呵的，坐在炕沿抱着弟弟，给他喂饭。

光阴寂静，太阳那么高，房后的大树投下浓厚的阴凉，一点一点地挪到屋檐上。奶奶有一搭没一搭地和我说话——山里藏着吃人婆，手指不能指月亮，白石头底下有胳膊粗的长虫，鹞子能背走小孩，狼爪子悄悄扒拉开庄门钉锔。

奶奶的故事都很吓人，也不管我那么小。她说，牛头洼山里住着一匹大马狼，土黄色的，凶悍无比，能抓走牛犊子。有一天深夜，这匹马狼下山，到了我们村。它一家一家地叩门，谁家都不吭声，只有王白头子问了一声："谁呀？"

王白头子天生一头白头发，眼睛在太阳底下睁不开，皮肤粉红，脾气暴躁，打架谁都不是他的对手。奶奶的意思是半夜有动静，万万不可出声。

谁知大马狼会说话，说，白头子，我来背你呀。白头子一听就发火了，骂道，老子还要背你哩，赶紧滚。

大马狼从庄门门缝里伸进来毛爪爪，想拔开钉锔。白头子伸过去烧红的火箸，烫得毛爪爪冒焦毛烟。马狼气急败坏，开始挠门板，踢门。

咔嚓咔嚓，门板被挠开一个洞，狼爪爪伸进来，被白头子一把摁住。马狼拿另一只前爪接着挠，挠开洞又伸进来毛爪爪。白头子抓住两只狼爪子，马狼开始猛烈地踢门，结果门板被踢了下来。

白头子牢牢攥住狼爪子，一转身把门板背在身上。可怜的大马狼，整个身子趴在门板上，两只狼爪子伸进门板洞被白头子抓住，挣脱不开，只好拼命嚎叫。

后来呢？我问，那匹大马狼被白头子背死了吗？那可没有，奶奶说，白头子背着门板上的马狼，在村子里走来走去，好欢乐。结果两只狼崽子跑来了，跟在门板上的母狼后头苦苦哀嚎，眼泪一串一串往下淌。白头子就把马狼背到山头上，扔下去，让它奶孩子去。

我弟弟已经不吃奶了，但是奶孩子这件事，我当然懂。可怜的狼崽子，妈妈差点儿被背死。

既然马狼在我们村里溜达，那么小孩子就不能独自跑到庄门外去野。我跟着奶奶，跟出跟进，坐在门槛上看她烧火，收敛起到庄门外浪玩的野心。奶奶摘葱花的时候，我撩起衣襟，让她把葱花搁我衣襟里。

厨房那么幽暗，奶奶隐在丝丝缕缕的青烟里，偶尔咳嗽几声。有时候老太太来，她们就一起坐在青烟里，慢悠悠地聊天、烧火，煮一锅土豆。我站在蔓菁畦里看向厨房，看不见灶台，只看见一团白气和青烟缠绕，奶奶和老太太的身影深陷在幽暗中，朦朦胧胧，很虚幻。

大人们出门不用管马狼。老太太来住了几天，要去看望她的小女儿。我的姑奶奶住的地方叫张家河，翻过我家门前的大山就到了。我们村叫萱麻河。

老太太踮着小脚，腋下夹着个小包袱，里面也许是几双鞋面，也许是一点儿零碎。奶奶牵着我，一直送到河边。没有桥，大河里拦截着牛大的石头，叫跳坝石。小脚的老太太能跳过那些牛大的石头吗？大河过去还有小河。小河过去还有草湖滩。可是记不清楚了呀。

只记得一些零碎片段。老太太过了河，瘦小的身影隐到树林里，一会儿又出现在对面山洼里的羊肠子路上。她坐在路边的大石头上歇气，向我们招手。奶奶一直踮着脚尖看，直到老太太的身影消失在山谷里。

那时候的时光闲而悠长，阳光很暖，树木青碧，通往河边的小路洒满阴凉。林子里山雀子叫声嘹亮，西一声，东一声，一声胜过一声。垂柳飞絮，老奶奶牵着小女孩儿，披着一身斑驳的光影，慢吞吞走着。小路上响起小女孩儿稚气的担忧——土黄色的大马狼该不会把老太太吃掉吧？

祖孙俩有一搭没一搭说着话，头顶是浓密的白杨树叶子，路边的白石头矮墙上铺满黄绿色的苔藓。花木深深的时光，风吹树梢，野蔷薇翻过矮墙，淡粉色的花瓣簌簌飘落。

只记得有一回，刚发过洪水，牛大的跳坝石被水冲走。爹送老太太过河，我死缠烂打也要跟着。爹腋下夹着我，背上背着老太太，钻进河里，大水把他冲得摇摇晃晃。我晕水了，晕得天翻地覆，一直哭。

大概是秋天的时候吧，山里庄稼熟得晚，还不割青稞。爹和姑姑们进深山，到牛头洼里打柴。鞭麻、香柴、野柳，湿漉漉地打成捆，被牛马驮下来。湿柴颠簸在大牲口背上，以为还在牛头洼里生长，只不过山头在移动。

湿柴捆子散发出草木的浓郁味道，躺在院子里懵懂发呆。它们一直很想看看外面的世界，就是没有脚，被根拴着，走不动。现在突然变得自由了，走到了一户人家，简直太惊讶了。

我骑着湿柴捆子，把它当作我的马，想骑着马到庄门外面去。庄门外面就是我的大千世界。可是庄门钉锦依然扣着，湿柴马也跑不出去。除了马狼，村子里还有一个疯掉的女人，也会抓走小孩。奶奶总是病着，没有气力找回跑丢的小孩。吓唬小孩不费力气，奶奶擅长这个。

　　我的弟弟骑不动湿柴马，只能爬在柴捆子上玩，摘下一些叶子和花朵，拿给奶奶看。有时候会从柴捆子上摔下来，摔个大马趴，吱吱哇哇哭。奶奶拆开湿柴捆，挑一些好看的枝条——带着花蕾的枇杷、红叶子的野树枝，一小束，都插在水瓶里，搁在幽暗的屋子里。那段日子，屋子里总有一种若有若无的清香，和厨房里的柴烟很近似。

　　湿柴在院子里会搁好一段日子。大人们都出去了，我们绊绊磕磕还在湿柴里玩耍。吃晚饭的时候，大家都坐在柴捆子上。湿柴什么时候会变成干柴呢？不知道。反正院子里又多了一些野草籽，这种叫蓼莪的野草籽，碾碎了可以喂猪。

　　蓼莪草籽赶走了湿柴，大咧咧地晾晒在院子里。草籽带着一点儿胭脂红，攥在手心里滑滑的，我不停地攥住，又撒开，往自己头顶上撒草籽，往衣领里灌草籽。

　　将草籽很辛苦，一穗一穗积攒起来不容易。奶奶抓起我，抖头发、抖衣裳、脱下小鞋子磕，把所有的草籽都还给草籽堆。然后把我还给门槛，叫我乖乖坐在门槛上。

　　弟弟在屋檐下玩泥巴，公鸡不去啄草籽，啄他的小屁股。我大概有能力赶走公鸡了，奶奶使唤我。屋檐下的阴凉窄窄的一绺儿，我就在那一点点阴凉里打败公鸡。弟弟跟着我坐在门槛上，两个鼻涕虫此一声彼一声地聊天。他困了的时候，咿咿呀呀哭，我连滚带爬把他背到炕头，哄他睡觉。弟弟走路不怎么稳当，院子里杂物那么多，磕磕碰碰，一天不知道要跌多少跤。

　　奶奶几乎不出门。大多数时候，坐在屋檐下，看院子里盛开的虞美人，讲鬼故事吓唬我们。等我大一点儿的时候，能够踩在两层土坯上拔开庄门钉锦扣，跑出去满庄子野，甚至去林子里、河滩里。奶奶管不住我，只有弟弟陪着她，一直在院子里，在屋檐下，在昏暗的厨房里。

　　庄门外的世界足够大。白杨树开花了，白絮儿纷飞，一穗一穗的花穗子垂着，蜘蛛和死虫子缠绕在花穗上。一群猪在河滩里吃水草，那种叫羊胡子的水草我也吃过，嫩嫩的，有点咸。它们痛痛快快地嚼着，绿色的草汁泛着绿沫，从嘴角冒出来，往下掉。蝌蚪躲在一片绿色的膜衣底下，多得瘆人。还有狗鱼，总爱往石头底下钻，长得黑不溜秋，实在丑陋。癞蛤蟆肚子里装着喇叭，呱呱叫，太聒噪。

爷爷有时候也会带我去水磨坊，磨坊门前有一大片薄荷，开着蓝色的小碎花，叶子的味道麻沥沥的，带着清甜。小伙伴们摘薄荷叶子，搁在舌尖嚼。

爷爷会一点儿木匠活，给弟弟做了小小的木头推车。我拿走弟弟的推车，让小伙伴们推着我逛。我坐在推车里，被大家推来推去，逍遥自在。奶奶看见了，气得直跺小脚。

我常常玩成个泥猴子回家，推开庄门，奶奶和弟弟坐在门槛上，昏昏欲睡。如果屋檐下撒落一些薄荷叶子或者花瓣，那肯定是弟弟弄来的。爷爷抱着弟弟去水磨坊闲逛。有时候我会偷偷把院子里的虞美人花苞捏碎，诬赖是弟弟干的。

厨房没有窗子，太阳越高，屋子里越加幽暗。天窗里的那束光移到墙上，黑黝黝的墙壁吸附掉光亮，那束光渐渐弱下来，消失不见。奶奶斜倚着门框，从深深的幽暗中露出疲倦的脸庞。头上缠着的青色手帕混在暗影中，看不清。一缕花白的头发从手帕底下掉下来，垂在鬓角。

屋檐下浓厚的阴凉还是那么少。鸡卧在炕洞口，融入暗影里，似乎打盹，似乎醒着，含糊地咕咕叫几声。大树从房背后探过来枝丫，风吹着树枝，碎碎的树叶一晃一晃。树叶的光影有时被风搡过来，有时又收回去，在屋檐下晃荡。干柴垛一直很矮，一点一点垒起来，又一点一点被拆走。柴垛下的阴凉连鸡都遮不住。

山里深秋的雨水特别多，总是下呀下呀，下不完。打麦场上的青稞捆子生了芽，长出一簇一簇的绿苗。豌豆捆子拉走了，地里撒下的豌豆被雨水浸泡得肿胀，也发了芽。小孩子们都去地里拾发芽的豌豆，捡回家炒熟，味道甚美。

树林子里冒出一簇一簇的白蘑菇，戴着厚厚的菌帽。姑姑们游荡在树底下，把蘑菇拾到草帽壳里。我冒雨翻过石头矮墙，跟着凑热闹。青草那么多，野花比星星还要繁密。披碱草底下很少藏着蘑菇，顶多是不能吃的"狗尿苔"罢了。鼠尾草和毛茛苦草窠底下会有蘑菇，要仔细瞅。

但是我很快就走神，忘了找蘑菇这件事。我摘下蝇子草淡紫的花穗，又去拔珠芽蓼。天人菊也开花了，一圈外黄内红的舌状花，非常好看。至于黄毛棘豆的花很难看，不要。老鹳草的紫花太小，不经采。

湿淋淋地回家，姑姑们进了厨房炒蘑菇。我和弟弟坐在门槛上，挑挑拣拣，把好看的野花插在清水瓶里。野花插得比较凌乱，虽然我觉得不错，但是被奶奶瞧见了，大概说不过去。她会把花瓶拿到外面的窗台上，不许在屋子里摆着，嘲笑说乱糟糟的像个鸟窝。

可是，鸟窝里都是些干草哇，没有花朵。鸟儿没有手，怎么采花呢？有那么一两回，我爬上树，把几朵紫蓝色的鸢尾花插在鸟窝边缘。鸟窝里躺着没长毛的小鸟，皮肤红赤赤的，嘴张开比脑袋都大。老天，那样大的嘴，很骇人。

雨天屋子里阴潮，奶奶生了火，火苗潮潮地冒出来，软弱无力地扑闪。雨还在下，雨点打在屋后的大树叶子上，响成一片。雨下到河里，河水暴涨。麻雀在雨中找不到食物，变成个呆瓜，傻呆呆躲在屋檐下发呆。只有青蛙对雨水有与生俱来的喜欢，在门前的青草丛里呱唧呱唧乱跳乱叫。

炒熟的蘑菇端到桌上，味道的确诱人。但还不能吃，要等爷爷。爷爷总是很迟才回家，饭菜都凉透了。有时候回来，竟然已经在别人家里吃过了。每当这时，奶奶总是忍不住絮叨一阵子。

一群黄牛从坡上下来，推推挤挤路过庄门口，去河里饮水，哞哞叫着。牛犊子摔了跤，糊了半身泥水，哞哞叫得比谁都生气。有人挑着水桶，艰难地上坡。如果不小心滑倒，连人带桶都会叽里咕噜滚下来。

山顶厚重的黑云密布，一层一层，笼罩山谷和村庄。到处都是水，屋顶开始漏雨，滴答滴答滴水。盆盆罐罐都拿来接水，屋子里乱糟糟的。火炉里冒出来浓烟，因为没有干柴了。谁在屋子里吭吭地咳嗽。

我和弟弟坐在门槛上，衣服和鞋子都湿漉漉的。虞美人花瓣被雨水敲下，红的粉的紫的，都零落成泥。蔓菁从泥地里冒出半截，顶着一头雨水和绿缨子。整个天地之间都是雨水的声音，深沉而庞大。傍晚，雾气从河面升起来，白茫茫的，像一朵巨大的白蘑菇。

院子里拉着一道铁丝，下雨天挂满细碎的水珠。天一晴，胭脂红的日光洒了一院子。铁丝上搭着潮湿的被子，补着各色补丁的褥子，开窟窿的羊毛毡。阴潮的霉味，弟弟小褥子的尿骚味，各种复杂的味道充斥在空气里，散发出来。我在庄门口的大石头上骑石头马，那种冲撞的味道还是相当浓烈。于是，我跑到树林子里去了，骑鞭麻马、青藤马，大声吆喝着，驾，驾。

土墙下的蚂蚁也衔着湿土出来晒太阳，蚂蚁窝边堆起小小的土堆，指头戳一下，很柔软。如果我往洞口覆盖几片树叶，蚂蚁们定会扭着腰从树叶底下钻出来，跳着许多脚骂我。幸好蚂蚁不穿鞋子，不然它们的奶奶指定要忙死。

午后，太阳把万物都晒得非常干的时候，奶奶握住一截粗柳条，敲打那些破旧的铺盖。柳条落在羊毛毡上，发出嘭嘭的声音，一股尘土蹿起来。院子里尘土飞扬，羊毛毡暗藏的浮土比谁都厚，敲哇敲哇敲不完。日暮时分，奶奶还在敲打敝旧的毡，那些原本就有的窟窿又大了一些。

爷爷从菜畦里掘出几个肿大的蔓菁，扔到一边，弯腰刨平蔓菁坑。

一个蔓菁一个坑，那个坑就是蔓菁住过的家。蔓菁缨子拧下来，晾晒在矮墙上，一头路过的牛伸出舌头卷了两下，打劫走了。奶奶找不到她的那几棵干菜，叹了口气。

深山雨疏，夜间清霜飘落。我不出去野的时候，冬天到了。山里的冬天特别冷。寒风卷着雪沫，呼啸着，从我家房顶上刮过。姑姑们蹲在炕洞前烧炕，麦草点燃，等烧旺了，填进去干牛粪。没有一铺热炕，冬天肯定过不去。冷风卷着草屑和灰尘，在屋檐下盘旋，把那些草屑吹到姑姑们的头发上。她们跺着脚，袖着手，脸蛋冻得通红，嘻嘻哈哈一边烧炕一边打闹。

冷风吹木叶，没有很多干牛粪，我们就在门前树林子里搂干草，扫枯树叶。我家的背篓又高又大，姑姑们装满一背篓枯枝败叶，把我丢进去，让我踩踏，把虚隆隆的枯枝败叶踩瓷实。别人家用木棍夯实，我家小孩多，丢进去一个踩就行。

大背篓拴在树上，我抱着树干跳啊踩啊，灰尘飞扬，吭吭咳嗽着，在枯枝败叶里跳成个土猴子。有时候跳着跳着，四周突然寂静，日暮霜落，看不到姑姑们的身影。只有风吼着，吹着干枯的树枝，吹着石头矮墙。乌鸦在冬天的树林里大喊大叫，呱，呱，声音粗糙。野猫冻得快要死了，发出凄厉的叫声，声音古怪瘆人，特别可怕。我吓得一边哭喊，一边跳，但是没有人，整个林子里只有一个小女孩哭哭啼啼。

也许土黄色的大马狼会来抓小孩，也许吃人婆就藏在矮墙下，一瘸一拐地走出来，也许有鬼从对面的山洞里飘出来，披头散发，伸出尖利的手爪子，眼窝黑洞洞的，没有脚，只有黑袍子在飘忽。我使劲儿地哭喊，把嗓子喊哑。风吹着，那么冷，灰尘和草屑啃噬着我的皮肤。暮色渐渐笼罩，林子里一下子昏暗下来，弥漫着可怕的寂静，时间好像停滞了。

爷爷披着白色的羊皮袄，出现在树林边的矮墙上。他跳过矮墙，喊着我的名字，顺着声音找来，迎面说了句别怕。爷爷把惊慌失措的我从背篓里捞出来，揣在怀里，拎着背篓回家。

半背篓枯枝败叶倒是踩得相当瓷实——我打小就是个老实的小孩，老实得简直有些窝囊迂腐。我可以独自找回家，但是拖不动背篓，担心把背篓丢了。在小孩儿看来，背篓是一笔不小的财产。

爷爷一遍遍告诉我，就算太阳落山了，也没有鬼，没有野人，没有人来抓小孩子。他一个人可以打败所有的马狼，连狐狸都统统打死。我们的身后，木叶声萧萧，枯枝被风吹落，倦鸟噗噜噜归巢。

我的姑姑们坐在昏暗的屋子里，斜了一眼狼狈的我，惊奇地哈哈大笑，笑我是个傻子。她们也太粗心，扫完枯枝败叶，忘了我，然后回家吃饭。唉，真不像话。家里人多，少一个小孩大家都没发现。爷爷从外面回来，路过树林子时听到我哑着嗓子的号叫声。

夜晚，一家人坐在大屋里的油灯下吃晚饭，热热闹闹聊天。大家满不在乎的样子，表明像这样的事情经常发生，没啥可稀奇的。毕竟树林子离家也不算很远，像我这样的野人，整天满山满洼乱窜，丢不了。但是背篓有可能会丢掉，丢了背篓肯定得挨打。

厨房里没有点灯，从天窗里透进来的那束光虽然已经暗淡，但能辨得清灶台。况且灶火里还有干柴燃过之后的红火星，闪着微淡的光。奶奶的身影在微弱的火光底下变幻莫测，一会儿看得见，一会儿隐入黑暗里。火星明明暗暗，她缓慢地收拾灶台，把剩余的干柴拾掇好。

晚饭总是煮熟的土豆拌上炒面，大家埋头苦吃，冬天不可能有菜。炒面是把青稞炒熟磨成面粉，不用煮，直接吃。我哭哭啼啼吃自己的那份炒面拌土豆泥，姑姑们嘻嘻哈哈聊天，不理我。等我长大后，再也不想吃炒面，我和炒面处不来。但是土豆呢，依旧顿顿离不开，奇怪。

冬天的夜里相当冷，雪沫从门缝里挤进来，一溜儿落在地上。一豆灯火，昏暗的灯影里，爷爷坐在炕沿上吃他的烟锅子。烟锅子的火星明明灭灭，爷爷吸几口，又在鞋底上梆梆梆地敲。他把烟锅子敲打空，按上一撮新的烟叶子，伸长脖子凑到油灯上吸，吸燃烟锅子里的干烟叶子，再深深吸几口。

昏暗的油灯把微弱的光投到黑黝黝的墙壁上，我和弟弟伸出小手，做剪刀手，做拳头，影子投到墙壁上，一会儿是狼头，一会儿是兔子头。然后狼和兔子开始干架，一躲一闪，影子在墙面上跳跃。

爷爷披着宽大的羊皮袄，影子投到墙上有些朦胧，像一座塔。他凑到灯上点燃烟锅子的时候，灯光被他遮住，屋子里黑洞洞的，他的皮袄和他自己都隐没在阴影中，看不清。黑夜里，屋子里的东西都变得非常大，墙上挂着的棉帽像斗一样。

灯光重新亮的时候，爷爷的侧影出现在墙上，胡子翘起来，烟锅子也清晰地投影到墙上。我伸出小拳头，把手影变成兔子，一下一下去吃爷爷的胡子。兔子影子甚至蹲在爷爷的脑门上，不肯走，直到爷爷再一次吸烟，把灯光都覆盖住，屋子里又黑沉沉的，影子都不见了。

我们一次次掉入深沉的暗影里，爷爷吐出的青烟，填满了屋子的空隙，那些烟雾也变成了暗色的烟雾，黑沉沉的，一屋子人都浸泡在幽暗的烟雾里。

爷爷总是讲他年轻时的事情，深山里遇见狼，狼最怕火，他点燃路边的鞭麻墩得以逃脱。一群土匪冲到一户人家，掌柜穿着破烂的袄子、露出脚指头的破鞋子，从土匪眼皮底下溜走。有个爱行善的人在雨天抠墙皮玩，抠出来一坛子银圆。谁家扔了一窝狗崽子，被狼叼走养大，长得和狼一样，没了狗的样子。货郎挑着担子走在荒野里，遇见被铁夹子暗算的白狐狸，它的腿被夹子死死夹住，白狐狸淌着眼泪求救，货郎救了它。

爷爷说几句，吃几口烟，慢悠悠的。炕虽然很烫，但是手冻得很。我揭起爷爷的皮袄衣襟，钻进去，弟弟也挤进来。羊皮袄皮朝外，毛朝里。粗粝的羊毛扎着脸蛋——肯定是一只老羊的皮，那老羊的脾气一定比奶奶还暴躁，不然羊毛不会这么扎人。我们躲在皮袄里薅羊毛，乱拱，揪头发、拔毛、打架。弟弟常常被我打出皮袄，撒泼打滚呜呜哭。

冬夜漫长，劈柴又那么少。只有一些枯树枝子可以当柴来取一点儿暖。火炉里蹿起一股火焰，火光把屋子里照得明亮起来。爷爷覆盖住灯光的时候，柴禾燃烧的亮光投过去，给他全身披上一层古铜色，很温暖。他不停地吃烟，脸庞在一闪一闪的火光中明明暗暗，他的胡子一次都没有被油灯燎焦过。柴烟弥漫在屋子里，淡淡的蓝色。我们罩在柴烟里，叽叽呱呱说话打闹。

奶奶如果讲故事，肯定都是神神怪怪的故事，吓得人不敢睡。有个鲁莽的汉子走路一头撞见鬼，鬼的胳膊被撞掉，人和鬼都尖叫。打麦场边上的树洞里往外扔土，一群鬼在里面打架，白头子把熔化的铁汁浇灌进去，捂住洞口，所有的鬼都烫死了。鬼又死了一回。有人捡到一双小小的绣花鞋，刚走几步就被石头绊翻，鬼跳着脚骂道，我刚洗了鞋子正在晒干，你就来抢走。

那时候荒山野岭，人烟稀少，鬼故事都是荒野里长出来的，村里的老人们都会讲。但是奶奶并不爱出门，总是窝在家里，自己瞎编。有一回，小姑姑在墙上钉了个木头橛子，晚上挂上她的衣服和裤子。奶奶半夜醒来，猛乍乍看见一个鬼站在面前，吓得大叫。爷爷点亮灯，原来是墙上挂着的衣裳，在黑夜里看起来黑魆魆的很像鬼。奶奶把小姑姑一顿打。她总是讲鬼故事吓唬小孩，这次自己把自己吓坏了。

爷爷吃他的烟锅子，吞云吐雾，那些丝丝缕缕的青烟从他身体里吐出来，飘在昏暗的屋子里。火炉上搁着一只白瓷茶缸子，他端着茶缸子喝茶，捋胡子，慢悠悠地讲他年轻时候的事情。尽管那些事情平淡无奇，没啥听头。但至少没有鬼，不害怕。

有时候，弟弟的脑袋突然从皮袄里冒出来，墙上光影跳跃，像极了老母鸡翅膀下探出脑袋的小鸡。他摇晃着脑袋，身子扭来扭去，墙上的影子不断变幻，他沉醉在自己原创的影子戏中不能自拔。爷爷烦了，伸手把他的脑袋摁到皮袄里面。不多久，他又从另一角冒出来，喊我，梅娃子，你也来，一起变成马狼，吼吼，吃掉这个老妖怪。爷爷不在意自己成为老妖怪，呼噜呼噜喝茶。

那盏昏暗的油灯，把漫长的冬夜俘虏。爷爷会捻毛线——土豆上戳一支筷子，那就是捻羊毛的线锤。羊毛捻成细线，缠在筷子线轴上，饱满得像一枚花苞。爷爷有几枚毛衣针，磨得发亮，一家人的羊毛袜子都是他一针一线织出来的。有时候他织到一半，让我把小脚丫伸出来，比画比画。

不吃烟的时候，爷爷稳稳当当坐在炕头，捻毛线，织袜子，墙上的影子朦胧而深幽。我们在他的皮袄里乱糟糟地打闹，不断地掀起又合上皮袄衣角。奶奶和姑姑们的絮叨声此起彼落，声音拖得老长。棉袄总是破旧，她们缝缝补补，昏暗的灯光下是嗤啦嗤啦针线游走的声音，间或夹杂着咯咯的笑。

火炉里又添了一些枯树枝，一蓬火苗冒出来。奶奶从线轴上拔下一枚针，把灯芯往下压一压，光线又暗下一重。我们的影子晃动堆叠，愈加浓厚，一家人沉潜在昏暗的灯影里，看不清屋顶上的椽子，也看不清炕沿下乱七八糟摆着的"鸡窝窝"棉鞋。姑姑们下炕，摸索着随便穿一双棉鞋，开门出去了。门外一片青白，雪那么大。那时候的深山，天一黑就刮风下雪，不下好像不行似的。

炕特别烫，被窝里热乎乎的，弟弟已经睡着了。窗外寒风卷着雪沫呼啸，屋檐上的荒草簌簌摇摆，隐隐传来河里冰层断裂的巨大嘎巴声。深山里的野兽冻得受不住，发出凄凉的吼声。爷爷收住一坨羊毛细线，打着哈欠，往炉子里丢了些枯树枝。一团火焰郑重而严肃地燃烧起来，爷爷伸出手，烤火，看了一眼窗外的大雪。

你是去斯卡布罗集市吗

你是去斯卡布罗集市吗？
芫荽，鼠尾草，迷迭香和百里香，
代我向那里的一个人问好，
她曾经是我真心深爱的姑娘。

是沙漠里的院子，我坐在灶前烧火。干麦草发出窸窸窣窣的声音，夹杂着紫花苜蓿和骆驼蓬草。即便是梦里，也有一股温暖的气息。也许是晚上——我们晚饭总是吃得很迟。

一簇火苗在夜色里扑闪，跳跃。那盏蒙着水汽的灯泡并没有亮，厨房里黑漆漆的。不，也不十分黑，我能看到墙壁上挂着的笼屉布，还有父亲的旧草帽，连草帽上的一圈汗渍也看得清。

你是去斯卡布罗集市吗？芫荽，鼠尾草，迷迭香和百里香。我一边烧火，一边唱。虽然走音跑调，但我觉得迷迭香和百里香都在我家豌豆地埂上被风吹得摇来摇去，有个人在田野里等我。

父亲在院子里咳嗽几声，然后走进厨房。他的衬衫袖子高高地卷起来，露出晒得黝黑的胳膊。我家那条不肥也不瘦的黄狗，也跟着他进了厨房。父亲在面案前坐下，喝茶。脚下搁着一个鼓鼓囊囊的包，看起来像走了很多路。

我还在唱歌——你是去斯卡布罗集市吗？芫荽，鼠尾草，迷迭香和百里香。父亲说，不要唱啦，我从很远的地方赶来，因为你要出嫁了。看，我给你的嫁妆。他踢了一下脚边的包，指给我看。

那个包很大，鼓鼓囊囊，不知道装满什么好东西。

我从灶前站起身，看见自己围着碎花围裙，半旧的——家里似乎从来没有这样一条围裙，哪儿来的呢？

厨房里仍旧黑漆漆的，唯有灶火里闪着火光，亮一下，弱一下。我在黑暗中朝着父亲说，这些年，你到底去了哪里呀？总是不回家。现在，你要留下。我把田野里的迷迭香都薅回家了，走吧，我们去看看，这些年你不在家，都不知道花园里究竟长些什么花。

黄狗走过来，路过我，走到灶前，紧挨着干麦草卧下，枕着爪子打盹，好像很累的样子。它蜷缩着，想把自己藏起来，隐蔽到黑暗里。可是，我还是看到了它。它的样子就是我们家的样子，老实、平淡、质朴，又充满了无可奈何。

父亲还在喝茶——他来到这个世界，就是为了喝一场茶。不然呢。他问道，你在唱什么歌？

你是去斯卡布罗集市吗？芫荽，鼠尾草，迷迭香和百里香。我说。其实我还想说一个外国歌手的名字，但是想不起来。

父亲靠在墙上，仍旧喝茶，额头的皱纹似乎有，似乎无。看不出来是高兴还是不高兴。茶杯搁在面案上。墙壁上还是我小时候画的乱七八糟的粉笔画——几朵戴着草帽的向日葵，长脚鸟儿，干草垛，一座城堡，骑着骆驼的王——尽管骆驼画得像狗。灰尘和草屑薄薄覆盖了一层，墙壁上看去穷困潦倒。

我拂掉墙壁上的一坨浮尘，指给父亲看——喏，这是沙漠的王，他要娶走城堡里的姑娘。

父亲看了一眼他脚下的包，对我说，你要出嫁了，这是你的嫁妆。

至于沙漠里的王，还有城堡里的姑娘，父亲一点儿也不关心。我小时候到处乱画，他看得烦了。

父亲翻腾那个鼓鼓囊囊的包——他走了很远的路，才回到家。他只能找到沙漠里的这个家。我住在离沙漠很远的小城里，会经常忘记这个曾经有父亲的家。所以，我很难梦见父亲——他恰恰要回到沙漠里，我恰恰要记起来这个小院子。这都不容易。

他的动作很慢，像个老人一样，不停地把一样样的东西掏出来。但他的容貌依然很年轻，只有三十多岁。他拿出来的东西我很熟悉，镯子、发卡、好看的蝴蝶结、珠子项链——好多年前，我在镇子上做买卖，柜台里摆满这些琐碎的小饰品，卖给小姑娘们，以此来养活我自己。

我在梦里算时间——这些都是十来年前的东西，对于我来说，是以前的时光。可是对于父亲来说，这些东西是未来时空里才有的。父亲去世时三十多岁，那时我还小。现在我已经四十多岁了，可是他不知道这些。他的时空大概很慢，他算了算，应该是到了我出嫁的年龄了，所以才赶着回一趟家，准备女儿的陪嫁。他一定是没有钱买贵重的东西，只买得起这些小饰品。

我伸长胳膊，把手腕上许多镯子伸给他看。那些廉价的镯子在我的手腕上闪着光芒。我把镯子一枚一枚褪下来，摆在他脚边，说，爹，你看，我有好多，满满的一柜台，它们都卖得非常好。

我和父亲都低着头，看镯子，说这个好看，那个也好看。我小时候，他很喜欢给我买这样的小东西，除了耳环——父亲不允许我打耳洞。所以我到现在也没有戴过耳环。

有一年他在马鬃山打工，那个地方荒山野岭，啥也没有。因为老板不想付给农民工报酬，他们没有拿到工钱，白白背了三个月的矿石。爹是个火爆脾气，带着人打了老板一顿，连夜逃跑。他们在荒野里跑了一晚上，快到中午时才跑到柳园车站。大家都没有钱买火车票，那时候人们可以扒火车，他们爬到拉煤的空车厢里，在腊月二十九回到了家。

父亲进门后，从怀里摸了半天，掏出一枚塑料的蝴蝶发卡，深红色。又在怀里摸了半天，掏出一串细细的塑料珠子项链。这两样东西我喜欢极了，顶着冷风在巷子里走了几圈，让每个小伙伴都看到我的宝贝。

长大后，我不喜欢所有的小东西，戒指、项链、镯子、蝴蝶结。一样也不戴。一开始，我以为自己热爱简约的生活，任何烦琐的统统抛弃。但是直到现在，我才恍然明白，之所以拒绝那些烦琐的小东西，是因为它们留给我太深的记忆。我只是想忘记那些曾经温暖的时光。

厨房里依然黑乎乎的，打盹的狗披着微弱的火光，从我们身边路过，突然低声叫了起来。它的叫声粗糙难听，不像一只狗在叫。也许它几十年没叫过，忘了怎么叫。

我从梦中醒来。也许是半夜，也许是黎明，反正辨不清——城里的夜晚不是黑漆漆的，总有那么一些来路不明的光透进来。细细听，似乎有一些流水的声音，咕咚咕咚，像深山里的溪水。再听，那些流水声里，还伴着一两声犬吠。天冷了，楼下的流浪狗冻得不行，忍不住叫几声。犬吠在夜色中滑过。不，是我的梦从夜色中滑过。深秋的夜色非常迟钝，没有一枚钥匙，可以咔嗒一声拧亮太阳。

梦确实有一种古怪的魅力，把那些不断坍塌掉的废墟时光重新沙尘暴般地卷过来，扑面呼啸，指给你看——喏，你过去的时光是这样的，有父亲，有花园，有一条狗。有一个人爱着你，几千里的路上给你带来蝴蝶结和珠子项链，好让你到小伙伴们跟前去吹嘘。

如果说"发生过的，根本无法再现"这句话是合理的，那么梦就是有这样一种功能，能把发生过的，给你再现一遍。高兴的让你更加高兴，痛苦的让你更加痛苦。梦就是这样残酷。

我出嫁的时候，是个冬日，天气冷得不像话。我孤独地站在院子里，我的对面是一群陌生人。他们说，新娘是个孤儿，没有嫁妆。冷风吹着，我低头捏着衣襟角。那天，我想要一对银镯子，戴在手腕上，一抬胳膊，丁零响一下。

河西走廊的风很烈，每当长风刮来时，我总是想，哪一阵风是曾经刮过那个冬天的风呢？又是哪一阵风吹出我眼角的皱纹？

那晚久久睡不着，我搜罗出一些记忆，来填补现实的空缺——实际上，我并不常常回忆过去的时光，那毫无意义。在遥远的地方，遥远的时空里，有一位诗人说：诸神也不能改变过去。

既然诸神都无力改变的事情，想来想去有什么用呢。况且往事杂乱堆积，如同废墟一般，也不知道该清理哪一件才好。

但是，我还是忍不住想起我家那条狗。它闭着眼睛打盹的时候，不知道做梦不做梦。有时候我看见它闭着的眼睛分明是笑着的，看起来像做梦。如果它也做梦，那么它的梦会是怎样的呢？大概它的梦不会那么疼痛和杂乱，要单纯得多。

它可能会梦见我，一个小丫头，别着深红的发卡，带着狗在巷子里呼啸而过——小孩和狗都跑得飞快，谁也撵不上。也许狗根本不知道那是一枚发卡，以为是我辫梢的一个文件夹，把生活没完没了地记录下来，传送到脑袋里，像史料一样保存下来。

我家的狗一定是爱我的，跟着小丫头到处瞎逛，被唆使去和别的狗打架，常常打输逃回来，一脸无辜地摇尾巴。它悄无声息地活着，最后被我遗忘。然而它不甘心，努力出现在梦里，告诉我，嗒，这就是陪伴你整个年少时光的小伙伴哪。

确实，我一直在努力遗忘，把所有的过去时光都淡忘掉。可是这枚深红色的发卡却不听话："不想记的事情，我也记得。想忘的，却忘不了。"

　　那么好吧，生活无非就是一边经历着，一边丢弃着。这么说，未免有点伤感。可是梦就是那一枚深红色发卡，把我丢弃的经历一路积攒，时不时给我再现一下当时的场景。其实，"当今无非是未来的过往"。事实上，没有什么是永恒的，可别那么纠结。

　　可是，又忍不住想，我梦见的是父亲和沙漠里的小院，跟斯卡布罗集市又有什么关系呢？小时候根本不知道这首歌。只是最近，楼上谁家的孩子总是弹这支曲子，我才熟悉它，跟着哼唱几句。大概，梦总是有一些幽隐不明的细节，有涨有落，有实有虚，像一部小说，这样做出来的梦可能好看一些。

　　也可能，梦就是喜欢把风马牛不相及的事情扯在一块儿，随意拼接，天马行空，让人感觉到时空的错位。梦的好处是一个做不好，可以重新做一个。不断推倒，不断重来。只有这样，梦才有魅力。倘若天天做同一个梦，那有什么趣儿。

　　但是仔细想，我大概是被这首歌的情调和那些花草迷住，忍不住带到梦里。是什么样的情调呢？说不清，也许是充满清香的柔暖，也许只是那一声牵挂。只有自己缺失的，才格外留意，才会领到梦里。诸神也不能改变过去，但梦可以。

腾格里沙漠，风里耕种

腾格里沙漠也有河。当然，那是在遥远的汉唐时期了。现在，我们叫它干河。不过，有一年，干河发了大水，洪水狮子似的扑进沙漠里，一去不复返。后来再也没有遇见过发洪水。

干河有一里地宽，全是鹅卵石。我家的瓜地，就在河滩上。河滩上全是白杨树，一棵杂树都没有。没有树，种不成地，春天一场老黄风就把庄稼苗埋掉了。

你都不知道，腾格里沙漠的黄风有多厉害。比黄风更厉害的，是旱魃。旱魃有妖气，从沙漠深处冒出来，样子有点像龙卷风，就那样卷着，飘摇着，软软晃晃走过来。旱魃有粗有细，最粗的，我见过的，有一个院子那么粗，卷着沙石，扶摇直上，接到云层上去了。

旱魃所过之处，揭地皮三尺，见啥卷啥。它晃晃悠悠从青苗地里走过去，刹那之间，青苗都被卷上天。至于树苗子啦，猝然撞见的沙兔子啦，都被吸附进去，卷到空中，呼啸着，走了。

旱魃轻易不到村庄里来，跨不过干河。据说它怕水，虽然是一条干河，也有震慑力。倘若进村子，我家的鸡圈啦骡子棚啦，肯定都被卷走。指不定连狗都被卷走呢。

大人们说用童子尿和狗血泼过去，可以降伏旱魃。不过，谁也没有试过——童子尿易得，狗血可不容易得，谁会为了一股大旋风杀狗呢。

小孩子看见旱魃，远远啐几口，指望唾沫可以破掉旱魃的箍。不过，毫无作用，旱魃还是那样扭动着身子，旋转，呼啸，扬长而去。村庄里时常有小旋风，突然之间就扑进院子里，哗啦啦乱响。大人们并不管，小孩子们脱了鞋子，拿鞋底子乱打，呸呸啐，骂脏话，企图震慑住小旋风。旋风在院子里转几个圈，一甩尾巴，翻墙而去。

可是，也有时候，它尽管旋转，不肯走，越旋越粗，把草屑、沙土扭成一股，升到房檐上去了，真叫人害怕。小孩们躲进屋子里，偷偷从门缝里窥视，奇怪，不过一刹那，旋风就完全消失了，地面只留下一撮粗沙。雁过留声，人过留名。旋风来过，那就留下一撮沙子罢了。

其实我们也才搬迁到腾格里沙漠。之前，这里不住人，是边外滩，荒无人烟，长城横穿而过。汉朝时漠北的敌人攻打到这里，守边的军队要阻止，边外滩是战场。据说有人在黎明时分，听见喊杀声、马嘶鸣声和木头车轱辘吱呀声。人见过的，是沿着长城的古坟，一大片，白寡寡的。也有特别大的古墓堆，坟头有操场大，即便过了千百年，依然气势十足。

当然，小孩们不敢去，只是爬到古城墙上，远远儿瞧着罢了。大人们忙，管不住一群小野人，就拿出各种鬼故事来吓唬他们，约束住小脚丫子别乱跑。

不过，我们白天敢乱跑几下。夜里，就在村庄里疯玩，根本不出巷子。虽然小孩们很多，可是，总归是怕的。我们像箭一样，在月亮底下乱射，打来杀去。各家的狗也跟着疯跑，巷子里乱窜。

边外滩的孩子们，爱玩打仗的游戏，动不动两军对垒，扛着枯葵花秆一顿厮杀，叫喊着：芨芨墩，绊马索。你点十万兵，我有黄沙阵……那些进攻和防御，都有模有样——大概古战场上空的空气里，飘荡着旧时的遗风。

小孩子们在巷子里唱小调：正月里来正月正啊，百草芽儿往上升啊升。二月里来二月二，遍地黄风揭呀揭地皮。

这时候，老黄风就从沙漠深处出洞了，直刮得天昏地暗。大人们钻进黄风里开始耕地，种田。

傍晚放了学，都不回家，还要去地里干活儿。小孩子也得帮忙才行。骡子犁了一天的地，累死了，腿瑟瑟发抖。再累也得拉犁铧，蹄子插在沙地里，绊绊磕磕走着，挣扎一步算一步。

爹也累得不行，一犁铧过去，点燃一支烟卷儿，吸着，坐在地头歇口气儿。我端个小盆子，顺垄点葵花子。葵花种子怕被沙老鼠嗑掉瓜子，拌了六六粉，太难闻了。点葵花不能太稀，要稠密点。因为沙老鼠太狡猾，它不嗑六六粉瓜子，等葵花苗出土了，劈脖子咬断葵花苗。这一招实在狠。

一垄点过去，爹提起犁铧，吆喝骡子转身。骡子腿直撅撅的，几乎走不动了。它磨磨唧唧转过身，喘着粗气再拉一趟。也有人家的牛过不了春乏关，累得走不动，一扑塌直接卧在犁沟里，几个人才能抬起来。

黄风慢慢收了，露出蓝天。大漠里的太阳又圆又大，水滴一样，悬在地平线上。半响，噗通一下掉下去了。天色暗下来。人困马乏，大路上已经有回家的人了。

爹卸套。骡子挣扎开肩上最后一根绳索，突然多了力气，一路嘶鸣，绝尘而去。它回家的速度，谁也撵不上。当然，别人家的牛啦，毛驴啦，骡马啦，都快得很，路上腾起一团一团的尘土。其实它们是饿得实在扛不住了。我也一样，肚子咕噜噜乱响。

爹收拾东西，种子、化肥、农具，盆盆罐罐装了一架子车。父女俩推着车子进村时，天已经黑透了，天边的星星密匝匝的。我再也没有见过比沙漠更漂亮的月亮和星星了。

我家的狗早早等在村口，听见爹的脚步声，一路小跑过来，十年没有见过面的那种亲热样子——现在常常做梦，总是刚进村，看见庄门边树木依依，狗扑前扑后跟着。

院子里有三架葡萄架，春天才从土里挖出来枯藤，还没叶子，光秃秃地躺在架子上准备发芽。爹把架子车停在葡萄架下，坐在车辕上歇气。骡子正在吃草，抬头看一眼我们，又低下头专心咀嚼。弟弟跑出跑进，也不知道在忙什么。

村子里把吃晚饭叫作吃黑饭。除了冬天，其余时节都是天黑了才吃饭。黑饭必须是捞面，拌一勺子油泼辣子。春天的菜简单，要么酸菜炒土豆丝，要么凉拌苜蓿。再也没有什么菜可吃。小孩子们端着碗来串门，坐在门槛上，几个脑袋挤在一起吃饭，呼噜呼噜大吃一顿。

爹说，种瓜如绣花。我家的麦子有五六亩地，葵花也有四五亩。瓜不行，最多一亩地。瓜地很挑，麦茬瘦，豆茬肥，就要豆茬。也不能重茬，重茬瓜，都死了，不活。

星期天清晨，我还在做梦呢，就被吵醒了。爹在院子里丁零当啷收拾架子车。种瓜需要的东西简直太烦琐了。棒棒棍棍、铁锹、犁铧、种子、化肥……

早饭是黄米稠饭配酸菜。如果窖里还剩几个萝卜，就擦丝，凉拌一碟子。鸡也喂了，猪也喂了。狗就不用管了，自个儿想办法去。它总是舔猪吃剩下的残食，好歹压压饥。骡子知道又要干活了，很不情愿，踢踢踏踏退缩着，套进车辕，各种绳索搭在它肩上、肚子上。脊背上架个鞍子，重量都压在鞍子上。

我家的庄门窄，刚刚能通过架子车。骡子知道，它不敢使力气，小心地挪出庄门。倘若它突然发力，就会磕碰到门框，门框两边就会被撞出两道深槽——骡子也有心情不好的时候。幸好门框足够结实。

巷子里已经塞满了黄风，呼呼刮着，卷起一股一股沙尘。架子车上塞满了东西，但我还是把自己像狗皮膏药一样贴在车子上，不肯走路。盆盆罐罐一路丁零当啷响着，硌得肋骨疼。我是趴在架子车上的，黄风让人噎气儿。

沙漠里太阳出得早，不过被黄风糊住了，只看见昏黄的亮光。

没有水，大风在干河里直趔子刮，发出一种空洞古怪的声音，群魔出洞一般。当然，也不怎么吓人，听惯了。河滩上的沙地被风刮得酥软，脚踩上去，软绵绵的，很舒服。

瓜地要起垄，一拃高就行——这是二十多年前的种法，现在不知道怎么种。三尺宽的垄起好，两侧挖出窝窝，先垫一层羊粪，撒一撮化肥，苫一层沙土，然后点两粒瓜子。瓜子夜里用清水泡过，毛巾搓揉一番，亮晶晶的。西瓜子的尖儿要朝下栽下去，不能朝上。点好了，再撒一层湿沙土。干了也不行，不发芽。

等一垄瓜子都点过去，爹拎着一块木板，把垄刮一遍，拍平整。最后覆盖塑料薄膜，铲了沙子压住薄膜，要压瓷实，不能被大风揭走。村里人说，针尖大的洞，椽子粗的风。一旦哪儿有个洞，风揭不走薄膜绝不罢休。

日近中午，风慢慢减去，日头冒出来。浇过水的沙地被日头一晒，地气返上来，潮潮的，令人浑身难受。这时候，要吃腰食了。暖瓶里的茶水很浓，像牛血一样，温吞吞的。各家的干粮都不一样，花卷啦、馒头啦、烙饼啦，都掏出来，摆在地垄上。手里抓几把沙子，搓搓，把化肥羊粪味儿搓掉，在风里直接拿起干粮就吃——前几年，我的胃一直隐隐作痛，不敢吃冷的、硬的食物，去年才医好。这是经年粗糙生活的回馈。过去的生活有多贫乏，身体就会有多少伤痛。

到下午，大家都跪在地里点瓜子，蹲不下去了。冯家奶奶拎着一片羊皮，直接坐在羊皮上。点几窝，挪一下羊皮。收工的时候，我们都跟土豆似的，走路簌簌掉着沙土。牛脖子底下垂着的那片赘肉，簌簌淌着沙子。马的鬃毛里，簌簌淌着沙子——它们仍旧那样，一旦卸下最后一根套，发疯一般撒开四蹄跑，把剩下的沙子抖在家里。当然，有的牲口急急慌慌跑回家也没用，庄门锁着呢。

其实一天也没种几垄瓜，太费工夫了。尽管点瓜子的人走路都一拐一拐，捋不直腿了，但倘若风停了，还要顺路到苜蓿地里掐一篮子苜蓿回家做菜才行。爹是急性子，不掐，直接拿铲子剁。说实话，那样很伤苜蓿窠。他可不管，一顿胡剁，连草带芽拾到篮子里，回家又坐在门槛上择半天才择干净。不过，择菜的总是我，爹还忙呢，没那闲工夫。

苜蓿的吃法很简单，开水里焯几下，捞出来，挤干水分，炝一勺子清油即可。有那么两年，家里没有清油。苜蓿煮出来，还有青草味儿，我和弟弟都不吃，光吃酸菜面。爹给我们包了芹菜包子，也没有清油，我和弟弟站在门槛上，捏着包子，抠出来芹菜馅儿，单吃包子皮。

黄风迟迟不走，一场接一场，刮得人心烦。爹在大风里从农场买来树苗，房前屋后地栽。庄门口的白杨树，总是被我们摇死，年年要补栽。我们闲的时候，就抱着白杨树摇。当然，夏天不能摇。夏天白杨树叶子上爬满了绿色的毛毛虫，一摇，虫子直接掉进脖子里，太恶心了。秋天最好，满树的黄叶子哗啦哗啦，很有"摇头"。

家里的瓜刚种完，才逍遥几天，学校里开始勤工俭学。我们被拖拉机拉到很远的农场里，给果树施肥。农场自然也在沙漠里，围墙都快被沙子吞噬掉了。

呼呼，呼呼，天地之间，只有黄风的声音。果园里一片昏暗的浑黄。树枝子喀喀喀抖着，不过已经冒出芽儿，枝条软了，不似冬天那么干硬。

两个人一组，围着果树刨开一圈深槽。沙子酥，即便小孩子也能挖得很深。深槽里，填上羊粪和化肥，然后把挖出来的沙子填回去。羊粪被风吹得人一脸一身，连睫毛上都是。当然，羊粪是干净的，都不嫌弃。

施过肥的果树们，随后便要浇水。四沟八岔的水渠，把清水引过来，大水猛灌——我在沙漠里长大，见到的浇水都是猛灌，所以家里养花也是如此。年年有一茬子花因灌水坏掉根。我总觉得植物们渴得很。成长的环境对人的影响根深蒂固，轻易改变不了。

勤工俭学大概有一两周。等我们把农场的果园都施过肥、浇过水，从农场撤回的时候，果树早都撤叶子了。杏花也开了，真迅速，一副等不及的样子。我疑心是那些肥料的养分噌噌往上蹿，催开了花朵。

我们的村庄，一朵杏花也没有，都是白杨，往蓝天里钻。这时候，黄风撤退，大漠里的天空又高又蓝，边外滩的庄稼一夜之间攻陷了黄沙，大地上是宁静而深情的绿意。一群小孩儿，在田埂上唱着歌，身影慢慢被庄稼遮住了。

一千匹山犬

孤　狼

狼知道自己叫狼。

一匹狼跟着老牧人走了很久。它不一定饿，只不过是一匹孤独的狼，想跟着人类走一走。空荡荡的山谷，草木茂盛，细瘦的山道上一人一狼，不紧不慢地走着，走进光阴深处。

如果谁在山顶大喊一声："小心，有狼。"狼转身就跑了。它知道自己叫狼，人类已经发现了它。

老牧人小时候，遇见过狼群。几十匹狼，浩浩荡荡穿越山谷。狼群路过时，裹挟杀气，牛羊惊骇，飞禽走兽吓得满山嗷嗷叫。

老牧人放牧的大山，古代是匈奴人的山谷，叫千狼山。据说这个山谷是狼道，成群结队的狼迁徙，都要路过此谷。大群狼路过时，大风拔木，黄雾下尘，覆地如雾。狼群轰隆隆奔窜而过，树梢的麻雀纷纷坠落。

某一年，大雪封山，狼群找不到小兽果腹，袭击了村庄。狼群发出惊悚的嚎叫声，闯入羊圈。狗狂叫一夜，马挣脱缰绳逃走，人不敢出门。次日，全村的羊所剩无几。狼背不走的，全都咬死。

村庄里的老人说，这是狼卜。据说狼群集体行动之前，必先卜方向，然后觅食。

牧羊犬和藏獒守护羊群，可以和孤狼单打独斗，但干不过狼群，只能抵挡一阵子。狼撕咬羊，绝不仅仅是因为饿。它们闯入羊群，吃掉几只，剩下的全咬死。谁也不知道狼是怎么想的。

那时候老牧人才七八岁，整日不敢出门，怕被狼群叼走。后来，人们用荆条棘刺制作套狼的木弓夹子，布满狼道。但凡狼群经过，没有套不住的。

然而，狼群迁徙时，竟然挟持了一群短尾巴的狍鹿。狍鹿战战兢兢走在山谷里，狼群紧跟在后面，胁迫狍鹿探路。早已被吓破胆的狍鹿，被人类暗藏的夹子夹住腿，山谷里飘荡着狍鹿的哀嚎。狼群顺利走出千狼山，逃窜而去。

那年以后，大群的狼不出现，只有分散的小分队，偷摸活动在山谷里。虽然只有一小撮狼，但羊群还是时不时被袭击。大雾天气里，牦牛被狼撵到悬崖边失蹄坠落。

某一年秋天，老牧人走在悬崖道上去收羊群。突然听到狼叫，嗷呜，嗷呜，声音悲怆凄厉。此时对面山洼里的邻居朝他大喊："阿欧，有狼。"

老牧人立刻身子一转，后背紧贴石壁，挥起手里的棍子。一只羊擦着他的鼻尖掉下来，摔在脚下。狼并没有从背后袭击他，而是从头顶的悬崖上推下一只咬伤的羊砸他。

狼能听懂人语。于是，牧人们打狼时，有一套隐语，不让狼破译。称狼为山犬，狼咬死羊叫山犬扯羊。

牧人认为，狼的长相就是模仿牧羊犬，以此来迷惑小兽。狼狡诈贪婪，长成牧羊犬的样子，昼伏夜出，袭击动物，让牧羊犬背锅。

《说文解字》中形容狼：形似犬，尖锐的头，白色的颊，高耸的前部，开阔的后部。古人认为，狼是一种和犬相似的野兽。

甲骨文中的狼字从犬形，但尾巴不上翘，是狼的象形字。

或许狼和犬是同种，犬选择跟随人类，而狼隐居山野，成为山中猛兽。因为捕食方式不一样，狼喜欢群居，犬独来独往。虽然长相近似，秉性却天差地别。

狼是凶狠的野兽，小兽压根儿不敢和狼搏斗。在小兽的眼里，狼和牧羊犬实在难以辨认。于是，牧羊犬一直摇尾巴，告诉飞禽走兽："瞧，我是犬，尾巴是翘起来的。"

这一点狼模仿不来，它只能垂着大尾巴，一点儿都摇不动。狼的尾巴藏不住，容易露出真面目。都说虎死留皮，那么狼死就只能留个尾巴了。每当狼走过棕熊石洞前时，幼小的棕熊就喊叫："这条狗是我的，是我的。"狼听得懂，飞快地消失了。

狼群躲躲闪闪走在山野。远处有人看见了，高声吼："小心，山犬。"这样，牧人们立即出动，保护羊群，追打狼。狼不知道自己的别名，破译不了人类的语言，逃跑慢，动不动被一顿揍。那时候还有猎人，藏在草窠里，拉弓放箭。狼害怕，走路频频四顾。

狼肯定也有情绪，至少它的恼怒和憎恨，还有报复心，是完全展现出来的。有人偷了狼崽子，那可闯祸了，狼不惜一切代价也要报仇，有时候会咬死仇人的整个羊群。

后来几十年，狼几乎不见踪迹，不知道迁徙到哪儿去了。狼可以突然出现，也能突然消失。人和狼渐行渐远，不复相见。山谷里花开花落，草长草枯，一直没有狼的讯息。夏牧场，牧人把羊群赶到山里，回家走了。隔几天来看看羊群，逍遥自在。

最近这几年，村庄里的人陆续搬走，剩下三五家。废弃的院子长满杂草，墙头爬满青藤。千狼山变成空山，山谷成空谷。狼嗅到空谷寂寥的讯息，悄悄潜入。牧人又能看见狼的身影。最开始，一小群，顶多三五匹。过了两年，一匹两匹，一年能遇见那么几回。狼又回来了。还是那样狂野，桀骜不驯，却又贼头贼脑。没有谁可以驯服狼，也没有什么能束缚狼的脚爪。

千狼山草木茂盛，几十年没有天敌，小兽多得很。狼几乎不费吹灰之力就能得到食物。像狍鹿、兔子、旱獭、雪鸡这些，在草丛里横冲直撞，走几步就能遇见。野狐狸保持着自己朴素的习惯，贴着地皮走路，躲闪腾挪，能避开狼。

有月亮的夜晚，狼出现在山头，对着月亮嗥叫。那是一头老狼，又孤独又放纵。狼又被牧人拿来当作妖怪，吓唬纯真无邪的小孩子。

牧人们隐隐有些担心——狼这种野蛮而令人不安的动物，活跃在山谷里并不是可以忽略的事情。如今不能打狼，而狼的食物充足。如果不出意外的话，狼群很快就会浩浩荡荡地出现在山谷里。那时候别说羊群，就连牦牛都会被狼群攻击。

然而，事情并没有像他们设想的那样发展。别说大规模的狼群出现，连小撮狼群都不大看见。老牧人能遇见的，全是零星的狼。有时候两匹，有时候一匹。狼似乎越来越孤独，有时候默默尾随牧人走半天路，却不攻击。

千狼山谷没有大兽。雪豹、黑熊，这些野兽都没有人见过。大兽很会隐蔽自己，对人的气味很敏感。大兽的基因里设置了对人类的提防，毕竟古代猎人不少。

狼应该没有天敌，它们不会和大兽碰面。那么，狼群为啥不见踪影呢？整个夏天，牧人们都在讨论这个问题。其实人类是活在幻想中的生物，遇见狼的时候，畏惧。看不到狼的时候，又起了怜悯之心。

秋天、冬天，狼群也不曾出现。狼全部以零散的方式活动。牧人们认为，一定是小兽稠密，狼群觅食很容易，不必群起而攻之，所以狼群瓦解。另外，他们发现，那些孤单的狼，看上去比群狼更加警惕狡诈，喜欢跟踪，眼珠子在夜色里发出的绿光更加凶狠。

没有人知道为什么。可能狼群在进化的过程中，需要这么一段时间历练独自捕食的能力，不能因为得到食物容易而变得懒惰。孤狼捕食必定比在狼群中要费力，所以可以保持种群不退化。解散狼群，大概是为了提高捕食能力，维持种群繁衍。

不过，狼单打独斗久了，会不会失去团队协作的能力？狼担心不担心种群的未来？

大概，狼群进化的过程是这样的，食物匮乏时，狼必须群居，彼此合作获得食物。而食物充足时，自动解散狼群，孤狼捕食。

不过，也有另一种可能。千狼山仅仅是条狼道，是它们迁徙过程中的一个驿站。狼群去的地方，是个秘境，谁也不知道。那些零星的孤狼，可能是狼探子，跑来千狼山，瞅瞅人类的活动轨迹。狼也在不断研究人类。

今年春天，老牧人常常看见野生岩羊、短尾巴狍鹿，少则几十只，多则几百只，成群结队地出现在山野里，对孤狼群起而攻。狼零散行动，小兽却成群结队出门，这样才能有实力和孤狼打架。

狼活了一辈子，做梦都没想到会被小兽一顿打。想想看，小兽的眼神那么单纯无邪，昂着小脑袋，生机勃勃，一点儿打架的凶悍劲儿都没有。

然而，成群的小兽也不可小觑，狼常常被挫败。于是，孤狼趁着月黑风高，潜入村子，抓走羊圈里的弱小羊羔。狼已经掂量清楚了，现在人类不敢打它们。

山野里旱獭多得数不清。它们啃咬柏树树皮，把几百年的老柏树啃死。它们到处打洞，草皮被打得千疮百孔。然而，狼不想吃旱獭，大概因为不好吃。

老牧人在山野里放牧一辈子，想得开。苍茫大地，万物本性都是上天所赋予，运动变化都遵循自己的规律。所以，他放他的羊，狼走狼的道，小兽打小兽的架。

老牦牛

邻居们陆续搬走，村庄空落落的。牧人整天游弋在山野里，满目都是草木、小兽、牛羊、飞禽。看不见人烟。大自然就是牧人的帐篷。没有人聊天，牧人只好把目光停留在草木鸟兽身上，探索一些有趣的现象。

走在山野里，各种各样的小兽和鸟儿时不时出现在视野里，牧人觉得回到了祖先朴素的生活方式——远古时人类就无拘无束生活在大自然里，驯鹿骑马，采摘野果。经过祖祖辈辈的积累，牧人们从大自然中得到一些经验。而山中的飞禽小兽，也能从大自然中得到一些暗示。草梢子微黄，贮备草籽。清霜飘落，蛰伏动物掘深洞冬眠。

夏秋的山野，冰雹动不动砸下来。冰雹藏在天空里，每个足足有杏子大。先刮风，然后黑云密布，随后一声炸雷，十万冰雹密密匝匝射下来。那些冰雹都是野生的，别提多疯狂了，反正把盛开的野花都砸败，把来不及飞走的鸟儿都砸晕。山脚下，树叶子被砸得破衣烂衫，相当恓惶。

一头白牦牛被冰雹砸得晕头转向，它想跑到山脚下。然而一蹄子踩空，从山洼里滚下来，滚到几棵柏树的夹缝里。牧人找了很久也没有找到，倒是被一群秃鹫找到了。

冰雹很古怪，先是割裂山谷草原，这儿打一阵，那儿打一阵。然后打乱山中的秩序，牦牛乱窜，大树找不到叶子，青草顶着一头冰屑，旱獭的洞穴口堆满打碎的草叶。冰雹不是为了破坏，也不是为了显示冲击力有多强，就是想看看山谷里还有哪些打不到的盲区，下次再打打。

构成山野的因素无限复杂，山野结合了岩石、山体、河流、植物、动物，暗藏了不同的矛盾冲突，但是山野有自己的完整性。这很神奇，无论野兽牛羊、草木鸟雀，晴天雨天，都有自己的生活方式，保持共性，却又各自分散。

夏初，老牦牛都在褪毛，肚子上挂着晃晃悠悠的裙毛，它被冰雹一顿乱打，打蒙了。冰雹追着它打，它死活躲不开那些杂乱的冰蛋蛋，只好停下来，眼神茫然。全身长毛湿漉漉的，沾着草屑泥水，有的挂在身上，有的拖在草地上，有的踩到蹄子底下——真正是糟糕透顶，看上去穷困潦倒，简直是世界上最落魄的大兽。

牧人把牦牛称为老牦牛，并不是说牦牛老了，而是说牦牛体格庞大，脾气暴躁，皮实，凶悍，老油子。牦牛的野性尚未消失，浑身散发着野兽凌厉的攻击气息。也不知道是谁最先驯服了这种粗野的生物。牦牛不管不顾，在山谷里乱窜，无拘无束体验人世间的各种经历，被狼追、被人撂倒剪毛驱虫、和羊群赛跑。

大概在牦牛的眼睛里，人类的形象是变形的，是一个庞大的轮廓。它害怕人，却又不在乎人。野牦牛动不动脑袋持利角，冲过来抵架，追赶人类。

在村庄的传说里，千狼山山神的坐骑就是老牦牛，白色的，长毛披垂，牛角像刀子那么锋利。山神常常骑着白牦牛巡山——这种古老的民俗文化，一直潜藏在牧人们心底的某个角落。毕竟，千狼山在几千年前是个刀耕火种的狩猎村落。

牛毛也是个累赘。剪牛毛也得恰到好处，剪早了一场冰雹要冻死，一场暴雨要拍死。可是剪迟了呢，衣衫褴褛，穷得不像样子，让牦牛很没面子。人家牦牛也是很在意毛色的，也想穿得像样一点儿嘛。

剪牛毛是费力气的事情——扔出去绳子，套住牛，抓住牛头几下撂倒，绑住蹄子开始剪。这样剪牛毛过于野蛮，可是山野里的事情，怎么剪才算精致呢？牧人们越来越老，抓不住牛，这也颇让人恼火。老牦牛只好驮着一身脏兮兮的毛到处溜达。老牦牛心里也藏着一言难尽的苦恼。剪毛不愿意，不剪毛晃晃悠悠走不利索。

虽然在同一个山谷，然而小兽虫鸟有着完全不同的生活秩序。老牦牛一个世界，甲壳虫一个世界，狐狸和旱獭一个世界。蚂蚁隔着草叶仰望天空，雪豹在山巅长啸，看着另外一片天空。瞎老鼠躲在深洞里，不见天日。山谷参透了世界的真谛，庄严肃穆。

牦牛和鸟类相处得很好，它啪嚓啪嚓走着，偶尔会一蹄子踩碎草窠里的鸟蛋，大鸟一声惊呼——呱唧唧，该死的笨牛，走开。也有甲壳虫在牛蹄窝里崴了脚，微弱地呻吟——哎哟，哎哟，不要脸的巨蹄兽，把路都踩碎了，看我一个绊脚绊死你。

这可真不是故意的，世界这么大，牦牛又相当狂野，哪里会在意蹄子踩在哪里呢。只有鬼鬼祟祟的孤狼才会走一步看一步，担心自己的踪迹被发现，像个卖草药的老巫婆。

鸟鸣声密集的时候，牦牛也会停下蹄子，抬头聆听，眼神相当认真。这种庞然大物，其实也很可爱。尤其是牛犊子，一脸的羞涩天真，跟着大牛瞎逛，活蹦乱跳，动不动彼此挑衅，也不管是不是对手，先干一架再说。

野兽喜欢遁世隐居，老牦牛也不喜欢跟着人类溜达。它们在山谷里撒欢，吼叫，找个对手挑衅抵架，无所畏惧。大概，牦牛抵架也是为了提高自身的能力，适应山谷里恶劣的气候。生存和繁衍，刻在动物基因里。

老牦牛抵架，很有力量感，牛角撞击得嘭嘭乱响，又凶悍又犟。一架干罢，红着眼睛散了，倒也不记仇。如果谁的角叉被撞断，那就太惨了，以后打架没有了利器。

至于那些来历不明却道行很深的野牦牛，打架简直是一定赢的。狼窝里岂能伸进来狗爪子，老牦牛气得哞哞吼叫，打它。单挑打不过，合伙撵走野牦牛。

野黄羊也喜欢毫无缘由地打架，而且打起来又能尽情发挥，打得酣畅淋漓。有时候一群一群干架。它们打完架，又会脊背挨着脊背，脑袋挨着脑袋，甩着尾巴一起去喝水吃草，似乎什么事都没有发生。它们打架一定是为了开心，不然呢？

偶尔，斜路上窜出一匹狼，两群野羊合伙去攻击孤狼。甚至野羊群和狍鹿群也会打架。天晓得为啥要打。当然，无论它们怎么厮打，都不会违背天道自然。山谷有山谷的秩序。

鸟儿飞在高处，会对牧人发出善意的预警。老牧人听到惊恐密集的鸟啼，就知道在某个山卡卡里，怀有私心的野兽在打群架。这种事情令人十分苦恼，但也束手无策，谁能管得了动物打架的事情呢？

山谷的内心藏着一道光，照耀万物。冬春的山谷被大雪覆盖，天地万物都是一幅草图，只有寥寥几笔轮廓。夏秋，山谷的线条清晰明朗，万物生动。山谷是一个场景，老牦牛和野兽在旷野里创作——它们的作品虚幻又激情，无限复杂，又不易觉察。

干　草　道

小村庄叫石窝窝，只有几户人家。山路叫干草道，曲里拐弯，很难走。

在小镇下车时还很早，路边的酿皮摊才开始摆凳子。老掉牙的乌黑长条桌，油迹斑斑，坑坑洼洼，上面蒙了一块塑料桌布。长条凳子坐上去吱呀吱呀响，让人担心随时可能坐塌。小镇上行人稀疏，几间杂货店，两三家饭馆。

"干草道是牛车路，我可不敢坐车。步行费力一些，但是省着力气干吗，出来不就是遛遛弯嘛。"吃酿皮的时候，老冬说。

"唔，那就走路。不用给柴春枝打电话了。顺便看看山野里的花草也挺好，反正没事干。"我立刻回答。

我们爬上小镇对面的大山，太阳爬上山头。山路不宽，留下深深车辙，羊肠子土路，七拧八翘。现在是五月，路边的田地里有村民在拔草。偶尔能遇见牲口贩子，赶着牛羊翻山越岭。

山坳里有村落，十来户人家，老房子，古树，花丛。院子被树荫遮蔽。看不见人，村子里寂静无声。村外的菜畦围着一圈树篱，连着几片豆子地。

"可以掐一点儿豆苗尖烫火锅。"老冬建议。

"最好不要偷庄稼。这是旱地，长点豆秧子不容易。"我咕哝道。

老冬在城里长大，动不动挖苦我："鼠目寸光。"然而，每次和她搭伴出门，她总不空手。遇见土豆田，摸过去抠几个土豆。遇见青笋田，掰断青笋塞进衣袖里。她家里不缺吃喝，甚是富裕。我疑心她窃东西就是个癖好，一看见庄稼田就贼头贼脑。

如果独自一人出门，不免寂寥。再说荒山野岭走路，最好拉上她搭伴，路上有个壮胆的。然而她的胆子未免过大。

嫩绿的豆苗掐不到手，老冬痛苦地呜咽几声说："漫山遍野都是，掐一把怎么啦？山里人又不少这几棵豆苗。"

"这是青苗，花都没开。"

"那我不管。豆秧子是大自然的。"

老冬垂涎三尺，不计后果，果断跳过地埂，去掐豆苗尖。我加快脚步，万一被主人发现撵过来骂，不要拖累我。

山路拐个弯，路边出现一间废弃的破屋子。茂盛的打碗花扑到窗台上，一串一串粉白的小花朵开得繁密清澈。齐腰深的荒草几乎能淹没废弃的屋子。杂草有一种气势汹汹的力量，能把一切淹没。肥硕的老鼠在草丛里、旧屋子里可劲儿乱窜。

我坐在路边休息时，老冬追上来。她咿咿呀呀，愉快地欢唱，衣服里鼓鼓囊囊的，绝不是掐一把那么少。也不知偷了多少豆苗尖。

穿过一大片油菜田，走过野草遮蔽的一段细瘦的地埂，沿着干草道一直走。老冬四处乱窜，走得慢，大概中午才能到达石窝窝村。

路边土豆田里，蹲着个挖苦苦菜的老阿奶。老冬跑过去热情地打招呼，拉家常，甜言蜜语说个不停。大山里空寂，遇见人不易，老阿奶慷慨地给了老冬半编织袋苦苦菜。

老冬掠夺式的遛弯，很令人惊诧。但是她反驳说："漫山遍野都是苦苦菜，她薅回家喂牲口。我拿一点儿吃怎么啦？"

往前走了一阵，老冬被身上揣的豆苗和肩上扛的苦苦菜拖累着，走不快。我打定主意一点儿忙也不帮，让她可劲儿造。

老冬坐到路边，把怀里揣的豆苗一把一把掏出来，和苦苦菜装在一起，扛着编织袋隐没于不远处的荒草里。她把编织袋藏进草窠，盖上一些树枝子做记号，返回时再携走。老冬身材细长，眼尖，做事手快，敏捷利落。

曲里拐弯的干草道悄悄向前延伸，孤寂地在大山里绵延。偶尔有农用车浑身颤抖、大声咆哮着从路上跑过去。野鸟、杂草和庄稼陪伴着干草道，半天也遇不见人。石窝窝村还看不见，倒是遇见一大片老树林，很迷人。老冬打量半天，没啥可弄走的东西。除了干柴。一到旷野里，她天性中潜藏的东西就摁不住冒出来。这家伙上辈子可能是江洋大盗。

她终于发现了一棵杏树，结了一些稀疏的青杏子。老冬爬上树，把那些酸涩的青杏果摘了一捧。

老冬婆家有个园子，种了几棵杏树。每年杏子熟了时，她回一趟老家，拿来很多杏子，分给朋友们。后来，大家都不要她的杏子，酸溜溜的，一点儿也不好吃。

老冬的内心隐约有点不快，几十里路远拿来的，好吃不好吃的有什么要紧，主要是情分。有一回我在大风天里遇见老冬，拎着两袋杏子，顶着短发，被风吹得像炸毛的火鸡。她顶风缓慢走着，骨瘦如柴的身子朝前探，脖子勾着，样子古怪得很。

跑了一圈，杏子一颗也没送出去，老冬失望得快要哭了。她掂掂分量，坚持要把轻的一袋给我。我高低不要，撒谎说要去亲戚家。

现在，她咬了一口青杏子，酸得直皱眉，却不妨碍提起往事，絮絮叨叨。言辞之间难免有些愤懑。她之前有很多朋友，但是现在越来越少。

更年期的女人总是喜欢回忆，唠叨陈芝麻烂谷子的琐事，老冬也不例外。说着说着，一些哀愁笼罩了她的心，眼角滴出几滴泪。

我们虽然并肩走路，但总觉得距离很远。我们的分歧早就出现了，从前几年她送杏子那时开始。源头大概是她留下小袋酸杏之后，眼神里的那种施舍气息，等着人家千万分感谢她，又小气又砢碜。

也不仅仅是杏子的事。如果谁不走运，遇见啥事儿，老冬的目光里就会出现蔑视和嘲讽，并且说些风凉话。别人一旦觉察出她的这种轻蔑，她立刻又非常亲密地拍人家的肩膀，表现出贱兮兮的、神经兮兮的那种敷衍。

后来，她从老家拿来的杏子一个也送不出去。她原本指望用这些杏子拉拢人情，然而没有人领情。朋友们聚会时，假装想不起来她。老冬觉察到自己的孤零零。但她不顿悟，整个人似乎飘在虚无的孤独之中。

我一直不搭腔，老冬带着怨恨的神色，直起腰板，大步朝前走。她叨叨的全是些没头没脑的东西。是的，我们彼此都深深瞧不起，彼此攻击。

越往深山走，林木越多。我们走到了一条偏僻的林间小路上。老冬突然粗声粗气地唱歌，声音在山林里回荡。遇见了一小片草地，青草齐刷刷摇曳，点缀着零星野花。老冬兴奋地叫喊，扑到草地里，打滚、吼叫，以摧枯拉朽之势横扫过草地，压倒草尖。尽管那些青草看上去硬铮铮的，但老冬的身板也不轻。疯了一阵，她四仰八叉地躺在草丛里，身上那件灰不溜秋的衣服上沾满花瓣草屑，爬了好多红蚂蚁。

我发现从去年开始，做事一根筋的老冬陷入了更年期怪圈：嘴碎，说话颠三倒四，压根儿找不到主题。动不动就沮丧，疑神疑鬼，把朋友们一个个猜忌一遍。眼神飘忽不定，看见田地里的农作物就想伸手。张口就是一些拉拉杂杂的琐碎事，好烦人。现在，她像孩子一样兴奋打滚，猛烈得过分，确实有点突兀，这更像是烦躁的一种表现形式。

我发了个朋友圈，一句话溜到嘴边，想想不妥，又摁下去。老冬疑心重。

　　石窝窝村就在小路的尽头。很多人家搬走了，留下空院子。村子里不见人，鸟儿倒是多，叽叽喳喳。猫在墙头上逡巡，冷冷地看着我们。柴春枝家在村子中间，我来过两次，蓝色的铁皮大门。没想到门上挂着锁。老冬把脸贴在门缝边朝院子里瞅，确定没人在家。

　　我给柴春枝打电话，不接。走了半天的山路，筋疲力尽，老冬就地瘫倒，坐在门槛边的树墩子上。她有些生气，原本以为有柴火鸡、手擀面、野菜，进门就可大吃一顿，结果吃了个闭门羹。

　　我也累得够呛，幸好大门边有个破旧的架子车，先坐上去歇口气。老冬脖子伸长，身子东倒西歪，嚷嚷着快要饿晕了，腿肚子抽筋。的确，她嘴边泛起白皮，口渴得嗓子要冒烟了。

　　大概半小时后，电话打通了。柴春枝是个庄稼人，忙得晕天转地，记错了时间，以为我明天才来。大清早，她送婆婆回娘家，又要去镇上兽医站给牛看病，天黑才能赶回来。

　　"我的天哪，"老冬几乎要冒火了，"你的朋友咋能这样？放鸽子嘛。你骗我白跑一趟，连口水都喝不上。难道要我去吃路边的青草吗？"

　　"吃草倒也不至于，"我赔着笑脸安慰她，"春枝正在给邻居们打电话，看谁家有人，我们去蹭个饭。"

　　老冬不停地抱怨，说她饿得浑身筛糠，腿发软，眼发黑。

　　又等了半天，柴春枝抱歉地回电话，邻居们都在地里拔草。她让我们爬墙跳进去，房门开着，自己做饭吃。我赶紧回绝了，这不符合礼节。我和柴春枝不是很熟的朋友，一起开过几次会，住一个房间，聊得来，她邀请我来村子里玩。仅此而已，怎么可能翻墙跳到人家院子里。

　　最后，慌里慌张的柴春枝想起来，村子里有个小卖部，可以买到方便面。这是最后的希望了。她一再抱歉，并详细告诉我那个小卖部在一片矮树林边，有狗。

　　老冬满腹牢骚，简直有些愤愤然。她说着说着，心情又恶劣起来，脸色发青。但是没有办法,这是乡村。

小卖部很不好找,我们在村子里拐来拐去。巷子尾,一户人家门前,有个老汉子掺和一堆稀泥,搭了架子上房泥。老汉子热情地喊我们进屋喝茶。我还在寒暄,说是柴春枝的朋友,老冬却用胳膊肘暗戳戳捣我的腰,扯着我急急走开。

她扯着我一个劲儿朝前走,走过几户人家,才低声嘀咕:"没眼色吗?那老汉子眼睛贼溜溜的,你敢进去喝水?胆子够大。"

我回头看,果然,那老汉子贼眉鼠眼,探着脖子朝我们张望,这才想起来老汉子眼神猥琐。我向来不防备人,总是粗心大意。这次老冬的疑心是正确的。

小卖部在村外一片矮树林边,土墙屋子,老旧的墙上覆盖着黑苍苍的苔藓。门前拴了狗,但那条狗很懒,呼呼大睡。正午的天气怪热的。店小,很敞亮,门帘掀起来搭在门扇上,阳光透进来,一道飞舞着灰尘的光柱投在柜台上。货架老旧,东西倒是齐全。一个铁锈斑斑的炉子上,煮着一锅土豆。土豆快要熟了,香味弥漫。店主是个干瘦的老妇人,脸色发黄,头发稀疏,很健谈。关键是开水足够热,泡面热腾腾的。

柴火鸡注定泡汤了,老冬自认倒霉,絮絮叨叨吃泡面,说再也不想和文人做朋友了,不靠谱。我摁住一肚子火气,恨不能扇她几个耳刮子,如果我能打过她。争执不可避免,我要立刻返回,而老冬不走,非要等柴春枝回来吃柴火鸡不可。可是,她已经把柴春枝奚落了无数遍,店主是一个村的,不可能不递话给柴春枝。关键是柴春枝忙了一天,哪有力气伺候人吃喝。

吵了半天,老冬吵不过我,只好灰溜溜地出了小店,打道回府。店主追出门递过几个煮熟的土豆,她冷淡地接过来,态度让人无比尴尬,好像整个村子欠了她的人情。

老冬一路走，一路责骂自己，说她今天真是倒霉透顶，怪不得昨晚一直做噩梦。她一直抱怨自己压根儿就不该来，腿也走肿了，旧伤也复发了。她恨自己耳根子软，听不得一句哀求话，白瞎了一天时间，回去还要看医生调理身体，花钱又伤神。

我跟在她后面，闷不吱声地走着。如果接话茬，她的奚落和谩骂会更加起劲儿，又要吵起来。其实本来也是出门散心，随便遛弯儿的，何必这么较真呢。她自己也说待在家生锈了，想到村庄里逛逛，出门溜达溜达，透个气儿。

真真儿是个糊涂人，以后再也不搭理她。我腹诽。

路过那片老树林时，老冬一个劲儿拿眼神瞟那棵杏树，不知道那棵杏树怎么她了。她爬上了杏树，摇晃着树枝子，嗓门粗大得近乎是在吼叫，不是对我，是对着树林子吼叫。她的声音粗野而剽悍，鸟儿齐扑扑地被吓飞了。我相信她的更年期综合征愈加严重，最好去看心理医生。

走出老树林的时候，老冬低落的心情似乎好了一点儿。她记起来藏着的编织袋，也不算白跑一趟，至少那半袋野菜还可以慰藉心灵。

"在城里，野菜一斤十五块都不止。"老冬随意瞅瞅四周，似乎是对我说。

"喔，那倒是。"我打破沉默附和道。

从草丛里拖出编织袋的时候，老冬发现一条地埂，全是蒲公英，开满黄花朵。这可是好药材，岂能放过。老冬扑到地埂上，把蒲公英连根拔起。掐掉枯叶，抖掉根上的泥土，一根一根捋顺。老冬做事仔细认真，也磨叽。编织袋渐渐塞满，连一棵野草也挤不进去了，老冬才住手。她的手指粗短，戒指深深陷入无名指。

老冬擦掉手上的泥土，说了句话，也许不是故意的："没有戒指的女人纯粹就是穷，别说不喜欢那种鬼话。"

这句话充满了暗戳戳的力量。但我不在意，戴戒指并不能使人长寿。老冬的优越感过于夸张，倾向于无知。

我们俩抬着沉重的编织袋，继续走到干草道上，走几步，歇口气。山里的天气说变就变，云层慢慢汇聚起来，云雾蒸腾。如果下雨，这袋野菜是个负担。我催促她走快一点儿。

溜下一道坡，雨点掉下来。等我们急急忙忙跑到废弃的破屋子那儿时，大雨一股脑儿泼下来。站在屋檐下，后背紧贴墙壁避雨，打碗花全被雨点打歪，东倒西斜，看不成。

老冬不歇气地抱怨大雨。大雨又不知道她今天走干草道。真是的。

"可别骂老天了。庄稼缺雨水。"我忍不住插嘴。她没种过地，不知道五月天的雨水有多稀缺。

"那你让老天打个雷，把老冬一雷劈焦。"老冬不依不饶。毫无疑问，她的尖酸刻薄一点就燃。

柴春枝打来电话，说她已经在返回的路上了。我劝她不要着急，雨天路滑，牛车不稳当。再说我们快要出山，不去石窝窝村了。如果不是大雨，顶多半小时就能走到小镇。老冬在一边气哼哼地咳嗽了两声，发泄她的不满。

我们俩继续沉默，除了滴答滴答的雨点声。看样子，这雨不是阵雨，打算下到天黑。我建议扔掉野菜，冒雨下山。我们不能困在这间破屋子屋檐下。老冬这个女魔头，绝不妥协，她有一股子倔强劲儿。可是山路太滑，抬着死沉死沉的野菜编织袋走路，几乎不可能，连人带菜都会滚下坡。雨越下越大，干草道上一股一股的雨水在流淌。山野里阴沉沉的，大雾扑面。

衣服全湿了，贴在身上。在屋檐下僵持了一个多小时后，柴春枝的牛车摇摇晃晃在山梁上出现了。老冬发出惊喜的尖叫声，朝着牛车喊叫。柴春枝披着雨衣，脸上全是雨水，头发贴在额头。她一再抱歉，要把我们接回家。老冬却坚持要下山。

"这鬼地方，压根儿就不是人来的。"老冬骂街不在乎人。

于是，柴春枝调转车头。大雨哗啦啦下，老冬披着春枝的雨衣，搂着她的宝贝野菜袋子，坐到牛车上。柴春枝前面牵牛，我压着车后的木头刹车板，防止牛车滑翻。我和春枝似乎都欠着老冬的，拼了命也得把她送下山。

下坡的时候，牛车歪过来歪过去，我心里一阵一阵紧缩，为牛感到难过。有几次黄牛滑翻，跪在泥地里，我们使出老力气，用木头杠子把牛撬起来。老冬哈哈大笑，脸上有了活泛气。我和春枝糊了一身稀泥，实在没法看。

好在春枝熟悉山路，虽然一路打滑，但也没翻车，连滚带爬到达镇子上。我们顺利搭上回城的大巴，老冬手里多了一只宰好的土鸡，一袋野蘑菇——春枝在小镇上买到的，她一再给老冬道歉，说记错了时间。应该是小卖部的老妇人给柴春枝打过电话。我估计得一点儿错都没有。

大雨愈加猛烈，天快黑了，柴春枝无法冒雨回家。她牵着牛，走过小镇，附近村子里有亲戚，住一晚明天再回。我从车窗里朝外看，春枝湿淋淋一身泥，牵牛走在公路边，疲倦又孤单。那头牛还在生病，走得慢吞吞的，十分疲惫吃力。我开始自责，给她带来这么大的麻烦。我是个闲人，可是她多么忙啊。

隔天，老冬那个秃顶男人打来电话，说老冬感冒了，以后再喊老冬出门玩，别怪他骂人。

我说苦苦菜败火，蒲公英消炎，老母鸡温补，让老冬多吃些就好了。

后来，大概是半个月之后，我又去了一趟石窝窝村。柴春枝在小镇等我，仍然是那辆架子车，换了头牛拉车。夏日的山里凉爽安静，满眼绿树青山，野蔷薇爬到半墙。柴春枝坐在车辕上驾车，吹口哨，我躺在牛车里看云，吃野草莓。草木长势汹涌，豌豆开花，干草道上的风景跟上次来时完全不一样。

柴春枝的院子不小，开满花，蔬菜嫩绿，有一种空山新雨的质感。老婆婆新酿的甜醅，凉面，野菜饼，简直美味到无法言说。院子里的丁香花开得醇浓，繁花如雪，我们在花簇下喝茶闲侃。老婆婆得闲，过来给我们讲一些民间传说。

我发了个朋友圈，忘了屏蔽老冬。老冬的电话追过来时，谁也没在意，我们也没做错什么。谁知老冬在电话那头几乎是咆哮，她大喊大叫，愤怒到难以想象的地步。她陪我淋雨，大病一场。可是现在，我竟然偷偷跑到石窝窝村，没喊她一起看花喝酒，关键是吃美味的柴火鸡。我俩在电话里大吵一架，彻底闹翻，彼此拉黑。

柴春枝笑了很久，世上竟然有这么难缠的人。她打开土陶坛子，一股醇浓的野果子发酵的酒味弥散在院子里。果酒里掺进去一些冰块，很好喝。小卖部的店主拿来一篮子红薯，我们把土豆和红薯煨到柴火堆里，一起喝酒吹牛。

隔天，春枝婆婆带我去看了一个神秘的古堡，雨夜里会发出各种古怪的声音。坍塌的土城墙，废墟里有碎裂的瓦片。遇见一棵空心树，树干全空了，但树冠枝繁叶茂。土崖上的窑洞，据说藏过一个打不死的野人。红鼻子花，十年八年才开一回，此花一开，天大旱，庄稼歉收。深山是秘境，藏着各种不可思议的事物。

我在石窝窝村东逛西逛，住了好几天。返回时，大雨不期而至。柴春枝说，你可真是贵人，来一回下一回雨。山里的雨求都求不来。

我们披着雨披，穿着雨靴，在大雨里步行出山。干草道上，柴春枝给我唱了一支古老的《耕田调》：

　　档格子那就架上者，门呀锁上了呦。山路弯弯曲曲到地边，毛毛细雨来。

鞭子哎那就撒开者，牛呀赶上了呦。吃了一袋烟呀，一早上犁地一亩半呀，毛毛细雨来。

小女子窗前梳头者，送早饭呀。前面梳上个瓜秧秧呀，辫子辫上九条龙，毛毛细雨来。

左手里提了个茶罐子呦，右手里拿上个油饼子呀，紧走慢走到地边，毛毛细雨来。

越望着尕妹妹越心疼，你不说话者我没胆量。尕牛娃赶上了地埂上转，毛毛细雨来。

我俩走在干草道上，雨雾蒙蒙，草木缀满水珠，像走在童话世界里。老树林那儿，路面一溜儿小水坑，柴春枝一边踩那些水坑，一边跳弹棉花舞，转圈圈，高兴得乱七八糟。她是个单纯又快乐的人。

手机突然响起，柴春枝看了一眼后惊呼，老冬打来的。然后她咯咯笑，这个老冬啊，纠缠劲儿十足，世上竟然有这样的人。

青　鸟

初夏的清晨。

和往常一样，路过丁香村。黄土墙上垂下粉红的野蔷薇花朵，夹杂着细碎的叶子。花瓣在下落，簌簌的，轻微的声音撞击着空气。风不吹，花枝子也不动。

墙角黑刺灌木丛里，一只鸟扑棱棱扇动翅膀，鸟鸣声稠密、尖细而慌乱。穿布衫的小男孩儿，身子紧紧贴着黑刺，踮起脚尖拨弄那只蓝尾鸲——它的一只爪子被缠绕在灌木枝子上，怎么也挣不脱。蓝尾鸲尖叫着，想把黑刺连根拔起。

这种青蓝色的小鸟，《山海经》中说，是为西王母取食传信的神鸟，象征着幸福和快乐，叫青鸟。现在，它的爪子被乱线缠绕在灌木枝子上，越扑腾缠绕得越紧。

野蔷薇在墙头凋落，花粉弥散在空气中。小孩儿满头汗水，咕哝几句，终于折断灌木枝子，那只蓝尾鸲爪子上缠着一截树枝，飞走了。现在是阳光最柔和的时分，村庄里所有的颜色都浓稠一点儿，野村美得像一场梦。

我路过了野村的梦。进山的路全是碎石子，路边的野草挤出碎石缝隙，肆意摇摆。打碗花那么多，凌乱而拥挤。芨芨草一蓬挨着一蓬，草穗子晃啊晃啊。

如果人类怎么也做不出来梦，那么这个小村庄就会把梦境借给人类。如果小兽想把土狼赶出梦境，野村会想办法繁衍出另一个梦给小兽用。小村庄拥有很多梦，我只是穿越进了好看的一个。

有人躬身在土豆垄除草，有人穿过油菜田走到远处去，有人坐在地埂上吃烟。庄稼，人，地垄，都罩着一层光影，似乎世界是由幻影构成的，那么迷离而不真实。

牧羊人出现在碎石子路上。一群羊也出现在原野里，还有十来头黑牦牛。羊群看起来如此呆萌，又带着愚蠢的神色。它们乱叫着，挤挤挨挨，上山去了。而黑牦牛凶悍狂野，鼻孔里喷出粗气。山林里浮起薄雾，阳光是橘色的，一群羊走进朦朦胧胧的幻象，像走进时光深处、光影尽头。

牧羊人远远跟着，吆喝声苍老。他漫不经心地溜达，身影很矮、很瘦。牧羊人的衣裳宽松破旧，像树桩子成精套着衣裳满山溜达。山野空寂，草随便长，花闲闲开。一切都如此散漫又惊艳。

山野不惧怕人类的窥视，更不在乎飞禽的打探。山野大剌剌杵在大地上，千年万年都一个样子——也许不是一个样子，谁知道呢，反正山野对于万物，都是大慈大悲地施舍。给羊群青草，给人类庄稼，给草木雨水，给虫子鸟儿巢穴。至于野兽，山野可能不想对它们布施。

土狼也不会去奢求得不到的东西。它务实，目光只停留在山野里灰兔子、旱獭、雪鸡身上，不袭击牧羊人的羊群。小兽是大自然的，羊群不是。土狼拎得清。然而，雪豹才不管这些呢，它脑子抽筋，野蛮到管不住自己的爪子，差点儿伤到牧羊人。

那天是黄昏，牛羊下山。牧羊人走在羊群最后面，叼着烟锅子吃烟。突然，一条灰白影子窜出乱石，似乎在他视野里闪了一下。牧羊人出于本能，转头一看，天哪，是雪豹。他抬脚就跑，脑子里一片空白。就在此时，他家那头黑牦牛从斜刺里冲过来，横在他和雪豹中间。雪豹一纵身扑向黑牦牛，跳到黑牦牛背上，死死咬住牛脖子。黑牦牛惊慌挣扎，拼命跳弹，根本甩不开雪豹。经过一番生死较量，最后黑牦牛一头栽倒在山坡上。黑牦牛的身体里潜藏着某种力量，驱使它救下主人。

牧羊人和羊群拼命跑下山。羊群胆小，逃命比谁都快。有一只羊崴了蹄子，一瘸一拐，落在羊群最后面。羊群致命的缺陷就是容易发生踩踏。

就在昨天中午，我还在思考这个问题。当时我走过一个菜市场，小贩在吆喝，关在笼子里的公鸡气得大叫，许多人吵吵闹闹，讨价还价。大家都不在意现在是初夏，山野里的花已经开了。

包心菜不怎么新鲜，叶边蜷缩。小葱一小捆一小捆摆起来。白菜、豆腐、萝卜摆在一起，相依为命。西红柿汁液饱满。一筐坏掉的蔬菜散发着腐败的气味，看上去穷酸落魄。

瓜摊小贩切开一个西瓜，没想到西瓜生得如此彻底，全是白瓤，连瓜子也白得很透彻。他把切成两半的生西瓜往后一推，咣咣咣敲另一个西瓜。他的头发很乱，乱到让人看不下去。也许他的乱头发契合他的生活状态，二者处于同一频道。生活有着落，才能体面。必须是这样才行。物质没有保障，精神世界不值一提。

人在空腹的时候，心情很差，尤其是正午。必须好好吃一顿饭，热菜，热汤，最好再有一些水果。这样才能重新快乐起来。大概雪豹也是这样想的。它吃掉黑牦牛，然后在山野里悠闲漫步，思考它的人生。不，是豹生。

据牧羊人说，那头雪豹身形细长，骨瘦如柴，眼神凶狠，前腿似乎有些跛，可能受过伤。我很吃惊，在那样的危险关头，他还能看清野兽。

牧羊人也瘦，面颊凹陷。被雪豹惊吓过后，很长时间畏畏缩缩，表现出胆怯的样子。另一头硕壮的黑牦牛跟着他，走前走后护着主人。这头黑牦牛皮毛光滑，牛角像刀子一样锋利，胆子大，脾气暴躁，估计一蹄子能踢死雪豹。然而雪豹再也没有出现过，可能迁徙到阿米嘎卓雪山上去了。几百座山，才能配得上一头雪豹。

现在，这个清晨，我吃过一碗牛肉面，走在山野里。我不进深山，挑有人烟的地方溜达，倒也用不着害怕野兽。山洼里一头秃脑门的黄牛，脏兮兮的，正在低头吃草。不，它在啃一攒黄蘑菇。如果清晨不趁着露水吃掉，黄蘑菇就会在中午炽烈的阳光下萎缩，变得蔫巴巴的。菌类没有枝叶，不是植物。没有腿，不是动物。那是什么呢？

我一直觉得菌子是来人间虚晃一枪，影子而已。牛以为啃食到了黄蘑菇，其实是吃了个影子。那些人类以为的毒蘑菇，会让人产生幻觉——天空下着花瓣雨，山是倒立的，猴子披着云朵。我觉得这些幻觉可能是蘑菇看人类的视角，它们打发影子看看世界，又走了，不想被谁吃掉。

离黄牛不远，有人吭哧吭哧刨坑栽树。一铁锹一铁锹挖土，再把黄玫瑰树苗栽进去，几脚踩实。农民一年到头在土里刨食，很难攒下钱。父亲在世时，费了好大的劲儿才攒够我的学费。那时候，他连一包烟都舍不得买。他一年到头都在忙些什么？不过就是种庄稼、浇水、锄草、卖粮食、打工。如果他肯买一双翻毛靴子给自己，就会自责太奢侈。

父亲长相老气，才三十多岁，就像个老汉子，一脸褶子。他总是戴着颜色暗淡的草帽，穿着褪色的衬衫，裤脚卷边，赤脚套着布鞋。他的眉头总是拧着，拧着，不知道舒展开的样子。如果让他去做生意，那可太难了。是的，他干过买卖——他赶着灰毛驴，拉着满满一架子车自家种的小葱去卖。黄昏回来时，一把都没有卖掉。那些青葱全蔫了。灰毛驴没喝到水，差点儿渴死。

父亲拉着一车葱去沙漠深处的村庄里叫卖。他应该把毛驴车赶到土门镇去，在那里可能会卖掉一些。村庄里的人家都种葱啊。他是个农民，不敢去闹市里卖葱。

那个黄昏，父亲一边嘟囔着，一边喝掉两茶壶水。我们只顾着嘲笑他一分钱都没得来，而忽视了他一天没吃饭的饥饿、没卖掉葱的沮丧和他沿村叫卖的卑微。

如果父亲是个大商人，能挣到很多钱，那么，我现在就轻松很多，和朋友们一样，舒舒服服坐在藤花下喝茶聊天，一点儿也不为日子发愁，也不会遭遇各种烦心事。

然而这只是我的幻想而已。其实有时候也不妨幻想一下，尽管荒唐无比。父亲没有留下一点儿遗产，留给我蹙眉的毛病，留给我节俭而普通的生活。他连自己都没有留下来，早早辞别了这个世界。

贫穷是一支利箭，从他出生的那一刻开始射出，直到他三十九岁的时候，那支箭追上他，穿心而过——父亲猝然倒下。他一辈子都在躲避那支箭，但是那支带风的箭紧紧追赶，穿越了三十九年的时光，磨损了无数空气离子，追上他，伤害他。

那支贫穷做的箭，裹挟着痛苦、卑微、毁灭，比任何刀剑都锋利。父亲没躲过。

父亲期望我能成为一个读书人，一身书卷气。然而这也很难。因为没有父亲意味着我成了孤儿。谁能想象孤儿的世界呢？孤儿就意味着生活在恐龙世界里，到处都是庞然大物。

那些年，我在一个小镇上做买卖。顾客来来去去，有富裕的，有贫困潦倒的，有好看的，也有驼背的。有出手阔绰的，也有相当抠搜的。小店打烊时，街道黑漆漆的，只有风吹过街巷。我坐在火炉前陷入沉思，贫穷和动荡的生活，究竟会把一个人磨损到什么地步？衰老、愁苦、忙碌。生命还剩下什么呢？剩下一身病。

整个小镇都睡去了，我在火炉边孤独又沉默。我趴在玻璃柜台上写一些文字，写满一页嗤啦翻过去，再写一页。夜深人静，那些绊绊磕磕的文字，在纸上扑棱闪烁。

后院里有一条小狗，它比我更加孤独。如果夜里刮大风，风吹得塑料袋、旧纸片乱飞，小狗就会受到惊吓，满院子窜来窜去，它以为那些不明飞行物在追逐它，发出惊恐的尖叫声。

我坐在火炉前，听见小狗狂吠。然而我也帮不上它什么忙。我的文字像一群野马，在纸上横冲直撞，怎么都收拢不到马厩。小狗发出绝望的呜咽，它抬头，望着深远的苍穹。苍穹之下，小镇塞满大风。小狗狼狈地蜷缩在荒草里瑟瑟发抖。我伏在柜台上继续写，顺便把大风写进去。

隔天清晨，我看到它的时候，小狗一副惊恐的模样。我喂给它一块生牛油，希望能帮助它抵御一晚上的疲惫奔波。我不想去探究它的心情，困惑、厌烦、伤感。小狗沉浸在它的情绪里，看我一眼，慢吞吞开始吃那块生牛油，嗓子里还能挤出一些残余的呻吟和呜咽。谁也不会设身处地去想一条小狗受到的惊吓。

从蘑菇的视角看世界，是一个魔幻的世界。而从小狗的视角看世界，大概是惊悚的吧？

孤儿的生活哲学和别人不一样。倘若和别人一样，孤儿就一直是孤儿。孤儿是人类里一个独特的存在，看上去敏感、易怒，却又胆小、谨慎。孤儿始终受到一种严峻的挑战，不管是谁，都会防备。

怎么描述我自己是孤儿的情况呢？笼统来说，就是沉默。有些忧伤，脾气粗暴，受伤时在内心无声地哭泣，有反击的机会绝不错过。孤儿的生活必定漂泊不定，不可能安定下来。

小镇在乌鞘岭山脚下，风那么大，常常把粗大的白杨树拦腰吹折。树冠倒伏，树干像骨折一样，白茬口渗出汁液。雪非常多，一场接一场。厚雪覆盖山野，一片苍茫，村庄像摁在白云上，让人怀疑这个世界是虚构的。

但是无论怎么说，小镇的生活气息比哪里都浓。

街边的屋子破旧不堪，赤脚的农人骑在墙头上，小心翼翼拔掉屋檐上的茅草，拿耙子给屋顶糊一层青胶泥防渗。小孩拖着树枝子当马骑，扬起一团尘土。几头奶牛摇摆着硕大的身子，被花头巾老妇人吆喝着，走进兽医站的院子。一匹青色老马拉着架子车，装满一车干牛粪，哒哒哒从我店门前走过去。

每天夜里，我的店铺窗口发着微弱的灯光，光晕打在街道上，打在偶然路过的夜行人身上。已经是深夜，我还在不停地写。柜台上散乱地丢着账本、进货单、儿子的玩具、空杯子、瓜子壳。

灯光朦胧，火炉里冒出淡淡烟雾，我披着柴烟和橘色的灯光，像坐在梦里读书。有时读自己的小说，一时陷入沉思。小说是虚构的，屋子是真实的吗？烟雾和灯光那么迷离虚幻，看起来不像是真实的，像梦里一样。

清晨总是在半迷糊状态里开始。睡眠不足也没有关系。日子一天一天度过，最难的是需要面对无穷无尽的刁难和各种伤害。没错，三个女人确实明目张胆地欺负你，摧毁你。她们连小狗也不放过，隔墙扔给它羊尾巴油，想药死它。死掉的小狗蜷缩在墙角，嘴角有一滴血。

它曾经是多么快乐的小狗，尾巴摇得比谁都欢，后院就是它的整个世界。小狗被小鸟追着，左躲右闪，汪汪叫，生气。饿了的时候，悄悄伏在门背后，从缝隙里往外窥视。

门外是个院子，住着邻居一家，还有几棵白杨树。白杨树洒下阴影，乱蓬蓬的，像披头散发的冬瓜脸女人。小狗一动不动，才能瞅见阴影里骂街的女人。它可能不清楚阴影是哪里来的，或者白杨树是不是一个巨人，那个冬瓜脸女人是不是白杨树的一截树枝。对这个世界，它还不能理解，就被假设的妯娌投下的羊尾巴油药死。

我在巨大的旋涡里寻求反击，尽管会付出巨大的代价。我的心里住

61

着一支西夏的铁骑，只要有机会，就果断出击，幻想射出利箭戳瞎她们的眼睛，使出长刀砍断她们的腿。

如果我不这样，三头怪兽就会把我吞没。她们喷吐着世界上最脏的语言，夹杂着咆哮，一次又一次扑过来。

这样的表达真实，但比较逆耳，因为把她们从阴暗中攫取到阳光下，谁都会不适应。那些日子留给我的恐惧和酸楚，或者说是阴影，至今还在折磨我。如果你没有赤脚走过三十里山路，就没有必要表现出你的大度。对，是腹内饥寒，大雪天里的山路。未经他人苦，莫劝他人善。有些人本身就是人类的残次品，大可不必原谅和宽容。

当然，再大的风雪，大路还在人间。

想起那只蓝尾鸲，它的爪子上会一直缠绕着一截树枝，很难卸掉。在人类看来，不过是寸许长的一截树枝。然而对于蓝尾鸲，那截树枝对它有着无比深远的影响。它无论飞到哪里，那截树枝都直接干扰它的生活，它很可能会再次卡在灌木丛中。

一只意味着幸福的青鸟，却携带着最麻烦的树枝。所以，必须剪断乱线，才能抛弃树枝，自由飞翔。

没有人在乎我写了些什么，有没有得到发表的机会。就算我把自己写的小说硬是塞到他们手里，也未必有人会读。有的人很忙，有的人不识字，有的人冷漠地读几行，可能又会丢开。偶尔有一个老妇人，询问我到底在写什么，让我读给她听。然而我可不想浪费时间，忙着一头扑在生意上。

镇子很小，风很大，总是把街道上的招牌吹得啪啪响。卖酸奶的女人背着木桶，沿街叫卖。收羊皮的小贩走街串巷，吆喝声沙哑。大巴车停下，走下来披着呢子大衣的外地人。邻居们聚在一起聊天，所有人都沉浸在自己的想法之中，各自散布昨夜的梦、听到的闲话和想象出来的谎言。小镇日子就那样，说不上多富足，倒也不寒碜。

幸好，老天赋予我无边的勇气和力量，能对付这一切。如果你问我生存和体面哪个更重要，这个问题毫无必要，傻子都知道，必须要活着，才能拥有世界。在生存面前，体面一文不值。

小镇的秋天漫长又雨雾迷蒙。毛毛细雨总是下呀下呀，街道停滞在雨雾里，世界那么安静。沿街叫卖的小贩，步履匆匆的路人，都不知道去了哪里。街道两边全是白杨树，枝丫伸向空中，叶子缓慢飘落。雨雾浓稠，那么多的树叶，几乎停滞在空中，迟迟坠落不下来。街道宁静到无法言说，流浪的小狗哒哒哒跑过去，踩在落叶上，发出潮湿滞涩的声音。

雨越来越大，大雨在街道上汇聚成一条河，哗啦啦冲下来，卷着树叶、纸片、枯草，沿街而下。雨水不知道流到哪里去了。有人骑着一匹青马，穿过街道，去了铁匠铺给马蹄钉掌。树叶被水流卷着，悄悄离开镇子。

我也要告别这个地方。离开小镇的时候，非常沮丧。一个从未被人宠爱和保护过的女人，拖着一身伤痛，独自去面对新的生活，像一片树叶在风雨中飘摇。

虽然哲学家说，人类从苦难中诞生，或者抱团，或者独立生存，都免不了各种羁绊。然而当你撕开这张苦难的网，倒也可以活得轻松一些。不畏挫败，走出困境，我几乎花了半辈子时间。凭借坚韧的意志，终于可以自由安逸地生活，可以有空进山闲走，看花看山。

闺蜜给我说她的理想生活——住在山野里，茅屋、篱笆、菜畦。写一些诗歌，全写在树叶上、桦树皮上。穿风格淳朴的棉麻裙子、袍子，用野生药材炖汤。坐在树下听琴读书，看蚂蚁打架。

她说的全是我的幻想。我可不是活在幻象中的生物，我比谁都务实。这是个既迷人又虚荣的话题。希望等我拥有一大笔钱的时候，也能继续研究这种幻想能否实现。

当然，如果钱包撑不起来隐居的野心，我内心的荒野小村也会动摇。比如从南方动摇到北方，从深山老林动摇到随便一个小村子。我带着这种幻想，不在意自尊心受到伤害，以坚韧的心境，去工作，去赚钱，和厌恶的人周旋，甚至高谈阔论。人一旦面对现实，所有的幻想都微不足道。

一个孤儿在人间，是多么微小的个体，近乎尘埃。光阴漫长枯燥，世事明暗掺杂。你唯一的想法，就是忘掉复杂屈辱的旧日子，接纳不可预知的未来时光。

尽管我觉得自己的视野和思想深度都拓展了不少，然而眼尖的读者还是能从我的文字中读到一种急促的、焦灼的、裂痕的节奏。过去日子留给我的伤口并未完全愈合，那颠沛流离的影子还在句子里徘徊彷徨。昨天还有编辑给我打电话，说小说里有一种挤压感、冲撞感、泥沙俱下的破碎感，不舒朗、不辽远。他说对了，确实是这样。毕竟我的生活就是这样。可以逃离那个小镇，可以逃离一些人，但是无法逃离过去留下的痕迹。

想想看，写小说可以虚构，虚构出从未感受过的呵护，虚构出花瓣雨里喝茶听琴，虚构出一笔财富突然降临。但是过去的时光是能虚构的吗？那些极其匮乏的日子是能虚构出来的吗？

有一个春天，我在山野里溜达。碎石子路上覆盖着厚厚一层柳絮，像一场不期而至的厚雪。大风猛然从山顶吹下来，继而变成狂风，我在风中抱紧一棵柳树。大风过后，碎石路面干干净净，看不到白茫茫的柳絮，仿佛从未有过。

那些过去的日子，也如同柳絮。它们肯定是存在过的，但又消失了。你相信，过去的时光都不能虚构。柳絮暗藏着神秘的特质，轻盈、虚浮、梦幻。旧时光也有这些特质。它曾在你的生命历程中，冲撞、躁动、愤恨又无用。

光阴里的一些磨损是细微而缓慢的，另一些破坏却是劈头盖脸的，所以孤儿的生存哲学其实也很简单，汗水解决事情，泪水解决情绪。

仔细想想看，孤儿的生活到底意味着什么？贫穷，软弱，卑微，看上去很好欺负，说话愤激？说实话，失去父母，就会得到一堆麻烦。没有人会设身处地替孤儿想一想，孤儿本身也不指望别人会怜悯。基于孤儿自身的局限性，她也不奢望现实比幻想更加富足。尽管她的幻想狂野又澄净。

某一次，我遇见一位摄影师。他说，"我也是个孤儿。"

"那么，你是怎么活过来的？"我问他。

他指了指自己眉头打的结，笑着说，被土狼追赶的小兽，都在用心逃跑，奔跑的过程中会迸发出不可思议的力量。

那个眉头结的背后，就是深夜里大哭过一场又一场之后留下的痕迹，是奔逃过程中用力过猛留下的痕迹。他是个出色的摄影师，拍的片子美极了。

这个清晨，我一边想一些事情，一边晃荡，慢吞吞走到半山腰，遇见一大片杏树。青杏子挂在枝头，树下光影斑驳。我在山野里闲逛，和遇见的熟人聊天。孤儿的习性就是话少、敏感、想法多。

我在杏树下闲坐片刻。旧时光的那些憋屈，其实都过去了。过去的一切都微不足道，可以忽略。生活依然美好，花朵多么令人愉悦，几只麻雀立在枝头看着我，七嘴八舌，叽叽喳喳。

喜鹊落在草地里，喳喳喳叫，声音愉悦欢快。时间有的是，慢慢消磨。暂停下来，看野鸢尾花一朵一朵绽开，草茎被蚂蚁咬出一个窟窿。如果换一种思维，其实过去的时光都不值得再反复计较。

如果用孤儿的视角来观察世界，有些心境如同蜥蜴，断尾之后可以重生。孤儿不需要抑制力，只倾向于一种理论：像野草一样强悍生长，自己治愈自己。

雪兔沙拐枣

腾格里沙漠深处，黄沙里生长着一些植物，不是沙枣树，不是骆驼草。沙棘，梭梭，都不是。和沙拐枣有点像，又和草甸雪兔近似，人们就叫它雪兔沙拐枣。谁也不知道它是什么时候出现的。

雪兔沙拐枣长得越来越古怪，模样丑陋。主干歪歪扭扭，朝着一个方向拧巴，长成风的样子。大风入侵植物，叫它们变形，妖里妖气，披头散发。雪兔沙拐枣完全不受植物界的约束，随心所欲地生长，怪里怪气。

不仅仅是这样。木质的主干变得像石头一样，颜色发青发白，树瘤那么多，那么难看。树叶像木耳一样蜷缩起来，紧紧裹在枝头，连叶脉也看不到。树枝上渗出黏稠的褐色汁液，一层一层，树枝臃肿不堪。刮风的时候，它把自己拔出来，神奇地悬浮在空中。风停了之后，雪兔沙拐枣又把根戳进沙土里，继续生长。

这些藏在黄沙深处的植物长得蓬蓬勃勃，形成一个小绿洲。但是小绿洲内没有小动物，连虫子之类的都没有。沙地上找不到动物走过的踪迹，只有风吹过的沙浪。这些植物开花的时候，花朵和沙拐枣很相似，胭脂红，一撮花丝散开在顶部。花穗喷射出丝状白色孢子，随风传播，甚至飘荡到沙漠外面去。

沙漠里逃出来的雪兔沙拐枣孢子闯入村庄，飘浮在庄稼地上空，缓缓坠落。农田里多了来历不明的杂草，让人不安。树篱后面是黄草垛，一场雨之后，草垛上长出一簇一簇的嫩芽，看起来像锯齿状的蕨类植物，叶脉却是红色的，叶梗特别硬。雪兔沙拐枣已经变异，不再是沙漠里的模样。而且落的地方不同，变异也不相同——落在田野里是草，落在院子里是树芽，落在墙头上是青藤，落在水渠边是灌木。

村庄里入侵的古怪植物越来越多，墙头上，房顶上，花园里。这些入侵者为了防御鸟儿攻击长成各种样子。植物散发出说不清的味道，辛辣、苦涩、酸臭。味道猛烈，能把人击晕。人们拿白色的鹅卵石围住这些逃来的植物，认为这样可以锯断它们的腿，阻断复杂的通道。

沙漠里免不了刮老黄风，从一个沙丘刮到另一个沙丘。有时候，整座沙丘漂移，把变异的雪兔沙拐枣埋住，只露出半截树梢。然而有那么几场风却专门揭地皮，吹走沙丘，掀开地皮，将树根裸露出来。老黄风是世界上脾气最坏的家伙，未免有些随心所欲。而它的一辈子又那么长，一直活着，可以天荒地老。

有一棵雪兔沙拐枣老树桩，在沙漠深处生长了很多年。它一心想窝在腾格里沙漠，不想流浪。可是，大风才不管你是哪棵树，有没有想法。这棵老树桩被大风连根拔起，扔到很远的地方，树冠着地，树根朝天。风不停地吹，这棵雪兔沙拐枣缓慢移动，看上去连滚带爬。风不管，只顾胡吹，甚至又吹来一棵干瘦的梭梭，勾肩搭背一起翻滚。

最先发现怪树乱窜的是骑骆驼的人。他瞧见远处有一坨暗影，一点一点走动。仔细看，一棵雪兔沙拐枣竟然挂着拐杖跌跌绊绊溜达，沿途的沙蓬草啦，沙米草啦，都被拐杖捣下来，缠绕着雪兔沙拐枣胡跑。这也太可怕了。雪兔沙拐枣成精的消息一下子传扬开，人们在树篱前丢一些棘刺、蒺藜，想阻拦老树精进村子。

这棵挂着拐杖的老树桩，一瘸一拐进了村，一点儿声音都没发出来。它的根乱蓬蓬的，树干上长满树瘤，一些碎花朵不停地喷射孢子，到处溜达。它第一次看到沙漠边缘的村庄，好奇极了。

有个老农躺在草垛上打盹，突然听到一种细微的声音，笃笃笃，笃笃笃，像啄木鸟。但是力量微弱，若有若无。离他不远处，有一丛来历不明的植物，宽大的叶片中间竖起一根穗子，茎上有细软而带刺的触手。那些触手伸到一边，试探地敲击干草，发出笃笃笃的声音。

老农不在意，人老瞌睡多，迷迷瞪瞪睡着。那种声音时而出现，时而消失。他在梦中感觉有东西轻微地爬过脚踝，稍微痛痒，带一点儿凉意。老人怀疑是蚂蚁或者甲壳虫爬过去。沙漠里时光漫长，他睡了一下午，黄昏时分醒来。

奇怪的事情发生了——他的腿上，胳膊上，爬满了细细的藤，藤上带有卷须，卷住他腿上的汗毛。那丛来历不明的植物只用了一下午，就长出无数细藤，把他封在草垛上。他的身上覆盖着一张藤萝网。他想起一句诗，生活就是一张网。可真够气人。

老人伸伸胳膊，挪动身子，手指刚好够到那丛植物的根部。于是，他顽皮地用长指甲抠那些宽大叶子的叶腋，挠它们的胳肢窝。果然，植物发出咕咕咕的笑声，缠在他身上的软藤扭动震颤，乐不可支。笑软的细藤松弛下来，卷须松开汗毛。肯定有一种声波在震动，连竖起的穗子都笑弯腰，垂下穗尖。老人慢慢蹭动，把自己从细藤下抽出来，跳下草垛逃之夭夭。

仅仅用了一晚上，那丛草就把草垛给网住，像苫了一张绿色格子网。黄草垛伪装成绿草垛，蜷缩的叶子飒飒摇曳，卷须抓紧黄草茎。细藤用声波聊天，随随便便扯着秧子乱爬，一点一点滑行，扩张版图。它们想把村庄给覆盖住，不让人类走动。

老树桩哪儿去了呢？谁也没有看见。但是古怪的植物几乎攻陷了村庄。

院子里长出很多像沙拐枣，又像野葛，又像草甸雪兔子的植物，地势低的地方是树，地势高的地方是草，半高不高的地方是灌木。这些植物满身都是刺毛，把过路的蚊子和蜜蜂都给刺死了。沙蜥蜴打算爬上怪树吃死蚊子，它的肚皮足够厚。然而它只爬了几步就停下——怪树的刺毛上带着黏稠的汁液，把它粘在树干上，上不去也下不来。可怜的沙蜥蜴，不停地甩尾巴，拍打树干，像甩鞭子一样。没过多久，它的尾巴也给粘住，小家伙被封在树上动弹不得。然后，怪树伸过来两片叶片，包裹住沙蜥蜴，把它给吃掉了。

你以为仅仅是这样吗？事实并非如此。那些被白色鹅卵石圈住的植物，遇见雨水一浇，睡醒了似的，往空中使劲儿长。它们的叶片很薄，很软，轻轻摇晃，能感知附近的动静。如果有人走过去，这些植物的叶片就会合拢，收敛起来，老老实实的模样。倘若有老鼠跑过去，叶片则散发特殊的味道，把老鼠麻痹过去。然后，藏在叶片下的触手伸过来，拖走它，把它卷到叶片里吃掉。人们怀疑这种植物是猪笼草的变异。然而，它开花却又像沙拐枣，又和草甸雪兔子很近似。花穗不停地吐出白色孢子，随风飘荡。

这些植物在天黑时睡觉，合拢叶片，垂下卷须，低下头，蔫蔫的。它们睡的时间很短，睡足之后，疯狂匍匐前行。植物没有脚，但跑起来蛮快的，一晚上能扯几丈长的秧子。如果它们越来越多，就会把村庄吞噬，把人类撵走，村庄成为它们的乐园。

村庄里的原生态植物群落，都遵循植物界的秩序，长得规规矩矩，春荣秋枯，不越界。植物的模样轻松自然，逍遥自在。自从雪兔沙拐枣入侵之后，生态完全被破坏，各种植物几乎被挤兑得枯萎了，一点儿精神都没有。

但凡长在垃圾堆、废墟，或者杂乱环境里的雪兔沙拐枣，都比较野蛮丑陋，根本不在乎自然秩序，胡乱生长。它们过于粗壮凶猛，看上去处于亢奋状态。它们的基因没有传递记忆，对季节感知迟钝麻木。这些植物分明是一场畸形的狂欢。

村庄里的人们天天薅草，怎么也薅不完。你这边拔，它那边长，越挫越勇。有一种杂交山羊，尖嘴巴一丛胡子，善于上树攀岩，吃草时连草根都掘出来吃掉。于是人们赶来山羊，多厉害的植物都干不过山羊。山羊啥草都吃，就算不吃也要把草根拿蹄子扒拉出来玩。它就这习性。

山羊不能多，多了会破坏生态。村庄里只来了三五只，能对付这些不明生物就行。然而谁也没有想到，山羊根本不敢吃这些古怪的植物——气味猛烈，带刺，伸出攻击性的卷须，喷射白色孢子，肿胀的花穗，攥成拳头一样的触手，气势汹汹，这些都让山羊害怕。它们没吃掉一株异类植物，反而把正经植物啃光，把大块空白地盘留给异类植物去扩张。山羊被羊贩子拉走了，留着何用。

植物学家来破译这些神秘的植物。如果用镰刀清除，那么植物的汁液和气味会不会对人有攻击性？使用农药也很难，农药可以选择性杀死植物，让杂草枯萎，留下庄稼，从混杂的植物里清除掉没有价值的。然而，异类植物既不是双子叶植物，也不是单子叶植物，是个混合体。那么这就很棘手，你让农药怎么选择？

植物学家把很多除草剂混合在一起，喷到这些侵略性植物上。这样一来，整个黄草垛，许多菜园子，就都废了。打了除草剂，不能给牲口吃黄草，人也不能吃园子里的蔬菜。付出这么大的代价，这些雪兔沙拐枣竟然安然无恙，反而更加疯狂。

很显然，雪兔沙拐枣能对抗农药。它们感知到了危险，加速演化，繁殖越来越快，变异也越来越复杂。白天枝繁叶茂，夜晚收拢枝叶，变成电线杆子。下雨伸开叶子喝水，晴天开花喷射孢子。

村庄里的昆虫、老鼠、沙蜥蜴这类的小东西都被它们统统吃光。而且开始吃周围的正经植物。幸好它们的触手短，抓不住鸟儿。但是如果鸡或猪路过时，被雪兔沙拐枣的藤蔓绊翻，根本逃不脱，无数的绿色卷须缠住家禽，很快覆盖，叶子卷过来，吃掉它们。人们听见叶片嚼家禽骨头的声音，咯吱咯吱，怪清脆的。雪兔沙拐枣吃完家禽，散开叶片，继续寻找新的目标。连树篱都被啃掉。

人们焦虑不安，拉来一车一车的白色鹅卵石，圈住雪兔沙拐枣，阻止它疯长的藤蔓。可是雪兔沙拐枣已经变异了好几代，力气足够大。那些细嫩的卷须抓住圈住它们的白色鹅卵石，扔得好远。然后决堤，冲出圈，去抓周围的植物。虞美人的花苞，西红柿，都被卷须卷住拖走。它们喜欢颜色鲜艳的花朵和果实。像芋头那样难看的植物块茎，还有辣椒，都被舍弃，它们只吃自己想吃的。

网住草垛的那株植物枝繁叶茂，把开花的细藤打发到隔壁的菜园里。这家伙很过分，它把自己的花朵凑近喇叭花授粉，结籽，花籽故意落在花园里。怪草和喇叭花杂交的种子破土而出，嫩芽对农药的敏感度相当高，长势迅速，所向披靡，很快开出一些歪瓜裂枣的花朵，色泽混乱而丑陋。村庄里的人从未见过这么不像样的花朵，叶子凌乱，茎秆扭曲。

而另外一些雪兔沙拐枣，它们的藤极其柔韧，悄悄蔓延滑行。找到果树，或者向日葵，或者南瓜藤下手。这些细软的藤牢牢攀援到寄生宿主身上，获得支撑，然后夺取养分。它们的触手变成尖刺，刺入树皮，吸食树汁和葵花秆汁液，最后杀掉宿主。它们的细藤弹性十足，皮筋似的，别想扯断。叶子和苞片渗出白色的结晶粉末，释放出苦涩复杂的气味。看着令人厌恶。

雪兔沙拐枣群落十分强大，它们的细藤也越来越粗，甚至攀爬到牛棚里，顺着牛棚顶上的缝隙爬出去，掀翻牛棚。至于那些废弃的屋子就更不用说了，藤爬过去，一层一层覆盖，缓慢吞噬，废屋消失不见。它们封住井台，封住日光大棚，大棚里的植物晒不到太阳，逐渐枯萎。

就在此时，那棵挂着拐杖像沙拐枣的怪树，摇摇晃晃出现在村子里废弃的园子里。怪树吸附了太多的杂草，像风滚草那样，已经圆滚滚的，透着神秘气质。风一吹，它便走路，趔趔趄趄走，摇头晃脑走。风停下，它也停下。有那么一天，怪树借助风力，一头栽进一个水坑，刚好把树根栽进坑里，树冠朝上。于是，它迅速生根发芽，没多久，这棵披头散发的怪树和它的拐杖梭梭，竟然都活了。蓬头垢面，顶着一头乱草，像个树妖怪。

如果单单是枯掉的沙拐枣挂着一棵细瘦的梭梭，人们完全可以一把火烧了，不让它装神弄鬼吓唬人。那些入侵的古怪植物也会被火烧死，村庄就自己恢复到原来的样子。然而它是变异的雪兔沙拐枣，虽然火烧太残忍，但也没有办法。可是，失败了，雪兔沙拐枣根本不怕火，它的茎叶饱含水分，遇见火便喷射出水珠，一点儿也伤不着。

于是人们又想出另一个办法——植物学家决定进一趟腾格里沙漠，看看这些怪植物的老巢，研究它的野生群落。

他们在沙漠深处找到那些怪树群落，认定是一些变异的植物。至于变异的原因，是有人偷偷把废水、垃圾，甚至过期的化肥除草剂都掩埋在荒沙里。后来风刮来草籽树苗，慢慢就生长出这样一些古怪的植物群落。

至于困扰村庄的那些异类植物，类似于外来物种入侵。它们在沙漠里独自生活了很多年，突然跑到沙漠外面，遇见合适的土壤气候，于是疯狂起来，恣意生长。垃圾、废水等的侵蚀，令种子变异成有侵略性的藤蔓，无视植物生态法则。为了让自己变成稳定强大的植物群落，这些变异物种开始像猪笼草那样吃昆虫、吃沙蜥蜴。

当然，它们超乎寻常的扩张力，让人们怀疑和猜忌，然而那完全是土壤污染的原因，绝不是神秘的信息素导致的。这些植物隔绝在沙漠里，与别的植物没有联系，基因改良无法完成。而且没有鸟兽的侵扰，它们不知道怎样长成正经植物，只会野蛮生长。除了能对抗除草剂，它们还有许多超乎意料的本事。

不过，村庄里的人认为，就算是植物变异，也不会变成这个疯狂的样子，他们怀疑雪兔沙拐枣跟神秘的沙漠古堡有关系。因为沙漠里总是藏着千年前的古墓或者古城堡，掩藏着许多神秘的历史。那么也有一种可能，这些古怪的植物来自一座大型古墓或者古城堡。它们是一些古代植物，是大家没有见过的古生物。也许是植物，也许是动物，也许是二者的变异体。

沙漠里的古墓阴气重，许多古墓植物比较吓人。有些是植物种子掉入古墓，破土而出。有些竟然是墓主人生前吃的尚未消化的植物种子发芽。还有些是因为古人的习俗陪葬的一些种子。更多的是因为墓地周围会种一些草木，填满墓地空白。无论哪样都阴气森森，令人发怵。

很多年前，村子里的人进沙漠打草籽，遇见大风迷路，误入了一座古城堡。古城堡神秘、静寂。千百年来，大风吹来吹去，把覆盖在古城堡上的沙土吹走，城堡里的一个植物园被吹出地面。恰恰遇见雨水充足的年份，于是沉睡了千年的植物种子破土而出。

人们并不知道这座古城堡是哪一座城堡，历史有没有记载。他们也不知道这座古城堡里有个植物园，种满世界各地的植物。园子主人是个富商，和很多植物猎人有联系。他雇佣植物猎人，从世界各个角落里采集来千奇百怪的花草树木，种他的园子里，万紫千红。

城堡里的原生植物很少，大多是坚韧的沙漠草类，柔韧的枝条，坚韧的刺，开稀疏的花朵，花瓣还那么厚，叶子又那么少，没啥看头。几乎任何花草到了城堡，都会被喜欢，皆因稀少。外来植物被精心照顾，很快适应城堡的气候环境，茂盛起来。富商的植物园阔绰得令人惊叹。

因为都是外来植物，彼此之间免不了争夺地盘和养分，每种植物都产生了变异。而本地的昆虫被这些外来植物诱惑，大量赶来。无论是柰树，还是虞美人，又或是蒲草，都被一种丑陋的灰色飞蛾覆盖。它们在叶子上产卵，孵化，拿果实喂养幼虫。

被侵扰的植物不得不释放黏稠的液体、难闻的气味，打败昆虫。植物园里，草木昆虫之间的关系简直复杂到无法想象，虽然它们不过是些平淡之物，没什么奇特之处。然而外来物种的入侵本身就很复杂，破坏掉本地的生态系统，又加上昆虫和其他小动物乘虚而入，各种争斗简直到了爆发的地步。

人类不知道它们暗地里尔虞我诈，不知道它们的江湖争霸。园丁把一些草木灰撒到树木上驱虫，至于花草，就用胡椒粉灭虫。植物猎人不断移栽新的花木，旧的植物试图阻止新花草入驻，于是暗暗较量。旧植物会把蛾子和毛毛虫引到新来的花木上去，让它们还没站稳脚跟就被虫灾灭掉。然后释放排异的信息素，干扰磁场。而新来的植物不怕粗暴侵蚀，它们显示出强大的抵抗力，尽快生根发芽，稳住脚跟。

城堡的气候偏干燥，然而园丁每天清晨都会洒水。而土壤别提多肥沃了，每种植物都渴望不受滋扰安定下来。新来的植物本身就有流浪和侵占的习性，遇见丰饶之地，再也不想挪动，于是拼命抽枝发芽，打败对手。

若干年后，植物园形成稳定的植物群落，彼此包容接纳。大树长到半天空去了，枝繁叶茂，叶影下的花草不被遮蔽，反而长得很好。灌木虽然密密匝匝，但是蕨类植物躲在灌木叶影下，遮挡毒日头。花朵的阴影下藏着地耳这样的藻类植物，遇雨舒展，遇阳光蜷缩。每一样植物都扩充地盘，开枝散叶，把空白的地皮挤占干净，没有缝隙，使得鸟儿衔来的种子无处落脚。这样，一座野性的植物园便盘踞在城堡一隅，完美地展示这些植物的基因中繁衍生息的使命。

植物园里的植物全是外来物种，所以野性十足。它们原本生活在世界的各个角落，被植物猎人捕获，采集种子、根茎、枝条，移栽到城堡里。抵达的方式比较野蛮，所以这些植物几乎不太在乎植物界的秩序，它们通常具有掠夺性。

总而言之，植物园也算是群英荟萃之地，懦弱的植物根本无法立足。不少植物长得气势汹汹，与其说是土壤肥沃，不如说是植物的本性如此。它们对环境的感知力很强，及时释放自己的优势，长得如火如荼。植物园让城堡里的人们大为吃惊，世界上竟然有这么多美丽又凶悍的花草树木。

那么，古堡是怎么消失的呢？也可能是瘟疫，或者干旱，或者沙尘暴。总而言之，这座城堡被黄沙掩埋了，被一层一层的沙土覆盖，完全变成沙漠的样子。

几十年，几百年，上千年。没有人知道曾经的古城堡，也没有人记载植物园。总而言之，城堡消失在时空当中。

就算城堡不消失，植物园也有可能消失。外来物种过度繁荣，照顾得过度舒适，没有虫子和鸟儿的侵扰，植物们放松下来，竞争基因减退。植物园的植物过于安逸，突然而至的植物疾病，或者气候变迁，会导致其迅速灭亡。自然界盛衰相依，盛到极度便是衰亡。

沉寂千年之后，植物园被风吹出地面，一些深藏的种子生根发芽，冒出来。但是水分有限，它们不能占据荒漠，于是想逃到沙漠外面去。

那天误入古城堡的人们躲了一夜风沙，隔天清晨急忙离开古城堡。谁也不敢再回去看古城堡。

现在，村庄里的这些冒失鬼植物怎么办呢？很可能会变成一种新的杂草。植物学家推测的变异植物也罢，村庄里的人怀疑的古城堡也罢，都不能确定雪兔沙拐枣来自哪里。

人类活了多少年，就和杂草纠缠了多少年，多一种杂草也无妨，无非就是铲了长，长了铲，周而复始。说不定杂草到地球上来，就是为了监督人类，不让人们偷懒。可是雪兔沙拐枣强悍到所向披靡，席卷一切的地步，令人没有想到。

　　不过，村庄里的人们还是和雪兔沙拐枣斗智斗勇，不断想办法。人们把草木灰撒到雪兔沙拐枣上，结果发现它不停地打喷嚏，阿嚏，阿嚏；又把辣椒粉也撒上去，结果这家伙特别怕辣，还是不停地打喷嚏，打得茎叶颤抖，枝条发软，花朵连菌丝也喷射不动了。也有人用米醋喷洒雪兔沙拐枣，也不错，它的藤条酸死了，跑不动了，软塌塌地瘫软着。

　　于是，疯狂的雪兔沙拐枣被人们控制住，慢慢收敛。它的样子也好看起来，不那么丑陋。也许这些雪兔沙拐枣长着长着，就会被人们驯服，变成牛羊的饲料。这一点恐怕雪兔沙拐枣自己都没有想到。

回到叶子和花朵中去

羊群路过村庄，路过枯萎的树篱，慌慌张张朝着山顶爬。如果它们的眼睛能看见天，就知道山顶上是白雪。雪域高原，最好的牧草就在山下。然而羊群不管那么多，一个劲儿上山。头羊真是蠢透顶。

牧羊人也不管羊群乱窜。他连牧羊犬都懒得养，孤独地在山野里走一会儿，吃烟，发呆，看天。如果被土狼拖走一只羊，大概他也不会生气。山野无尽的空旷寂静，会让人迟钝，产生幻觉，以为土狼也是羊。

实际上土狼是认识牧羊人的。它躲在暗处观察了好久，如果不是狼崽子嗷嗷待哺，它也不会冲动地猎羊而食。在牧羊人看来，土狼这种野蛮而彪悍的小恶魔终日藏在隐蔽处，令人畏惧又不齿——山野里的土狼无处不在，终日游荡，然而躲躲闪闪，你见不到它的身影。如果有牧羊犬，倒是可以和土狼干架。可是他没有。

事实上牧羊人并不想和土狼照面，连野黄羊都不想看见。虽然野黄羊不可能拐走哪一只羊。他找到一大丛有着褐绿色叶子的灌木丛，蜷缩在叶影下歇凉。这样的灌木没啥用处，刺多，叶子硬，彼此缠绕交错，羊群不食。然而灌木并不这么想，它不觉得自己无用，它只为自己而生，只为自己而活，管你羊群吃不吃。植物完全没有必要讨好动物，苍茫大地又不是动物的。

比起土狼，羊群当然要笨一些，没那么多阴谋诡计。不过它们的嘴巴能识别杂草，至少不吃有毒的植物。有时饥饿会使得羊脑袋发昏，管不住嘴，不留心吃到"断肠草""羊闹草"什么的，回到羊圈口吐白沫，角弓反张，倒在地上抽搐。牧羊人掰开羊嘴，灌下醋或者别的解毒药救活它。

老天打发有毒的草下界并不是故意的，是为了物种优化。这是大自然的规律——如果世界上全是好吃的草，那么食草动物们就会陷入倦怠，身体里没有预警系统，不产生抵抗因子，最后消失在时间里。

在牧羊人眼里，每一只羊都是独一无二的，黑头子，黄眼圈，大尾巴，白胡子。每只羊的羊生和人生并无区别。是的，宇宙里没有重叠的生命，没有两片一模一样的树叶。每个生命都是唯一的，得天地气运而生，留下物种遗传信息而去。

青草被羊群吃掉，羊群被人类吃掉，人类被大地吃掉，如此，万物相送，相生相克，彼此消长。老天给万物设置好生命密码，谁也别想破译或者越界。土狼不想吃土豆，羊群不吃兔子，蚯蚓只吃泥土。

除了人类。人类最爱越界，见啥吃啥。最能破坏自然的，还是人类，野兽连一根草都弄不坏。可能老天原本打发人类来保护大自然，结果人类才不管那些，自己开心放飞自我，飞得太快，老天也撵不上。有人的地方，就会腾起江湖尘烟，老天管不过来。张三打猎，李四砍树，王五挖洞。动物们目瞪口呆。

牧羊人啥都不折腾，就是赶着羊群吃草。他在山野里晃荡了一辈子，知道空荡荡的山野绝不是寂静无声的——土狼的嗥叫声，蛇在青草里游走的嘶嘶声，公牛热衷于干架，灰雀子彼此啄咬，各种不安分的声音飘荡在空谷里，是滚滚红尘的余音袅袅。既然在同一个世界，那么山谷空不到哪里去。

一座城，无论人群稠密或者稀疏，城市都得想办法养活。山野空谷，虽然看上去空荡荡的，但它也得哺育无数张嘴——飞禽、四脚兽、鼹鼠、蚯蚓，看得见的，看不见的，甚至虫子、蝇子等无数细微的小生命。大自然逃不过哺育生命的命运，那么多的嘴等着吃吃喝喝。就像一座山林，落满鸟啼，树木无处可逃。

大自然简直操碎了心——春天让百草生发，冬天让万物敛藏。在每一只羊的嘴底下，备下一把青草。在每一只雀儿的爪子底下，备下栖息的树枝。极寒天气，没有皮毛取暖的蛇，食量太大的熊，大自然为它们备下冬眠习性。

可是每个生命都有自己的想法，并不替大自然着想。土狼说，请为每一匹土狼备下无数只羊，最好是野羊。土狼深谙人类的本性，最好各自安好，互不干扰。

土狼极其贪婪，明明只能吃一只羊，却一下子咬死一群。人类恨死它了。

木材商说，请备下一大片原始森林，我的伐木工马上抵达，我的钱要多得子子孙孙都花不完。

苍天气得说不出话，但还得刮风下雨，因为大自然需要。某个偏僻的小镇上，人们天天咒天骂地。他们把自己贫穷的原因迁怒于天地，理直气壮。

可是，人类从不反思自己对大自然的敷衍。鸟儿搭窝，只找枯树枝，不伐新鲜的枝子。土狼的老巢就是天然的石洞，不会自己再凿一个。黑熊路过开满鸢尾花的山谷，只是闻一闻，不会掀一大捆，拿回自己的窝里插着。马鹿遇见一大片虫草，也不会刨出来卖掉。

这些事，牧羊人当然都懂，只是不说。他见过一群一群的人怎么样糟蹋山谷。挖开草皮搭灶，砍下树枝子烧火，煮羊肉，烧烤。然后在开满野花的草地上蹦跶，踏坏无数花草。这些人走后，丢下一地垃圾，啤酒瓶、塑料袋、瓜子皮，把一地狼藉扔给大自然。

牧羊人睁一只眼闭一只眼，看待山野里的动物。人也算是一种动物。但是他更愿意看野生动物。在山野里独自生活久了，不愿意和人打交道——人比土狼还要诡计多端。

马鹿腿长，跑得太快，只能瞧见一道黄白相间的虚影，一闪而过。蛐蛐拼命叫，灰雀子一伸脖子啄走它。鸡毛鹰翻越山头，雪鸡一头扎进草窠，尾巴高高翘着。鸡毛鹰俯冲，呼啦一下抓走雪鸡。野兔子躲避天敌耳目，贴着地皮撤退。

比起野生动物，羊群并没有经历太多的危险，所以没有战斗力。野羊是另一回事。不过羊群很少被袭击，不仅仅因为有牧羊人跑前跑后，还因这种生物过于善良，大自然暗中相助，不让它们受到过多伤害。

每个动物的基因里，都有历代积攒的保命或捕食经验。人类认为这种东西是本能。野生动物尽量让自己身上的颜色融入自然，融入草木，尽量伪装得和寂静荒凉的大野融为一体。仔细观察山野里的熊道、鹿道、狼道，动物的踪迹依稀，极为浅淡，不会把厚重的大脚印拓在土地上。即便是大雪天，它们的脚印也很诡异，显示一段，隐匿一段，连断断续续都算不上。隐去踪迹是野生动物的一种本能——是保护大自然的本能。

显然羊群没有这个想法，它们是人类饲养的，和人类气息相通。它们走到哪里都咩咩乱叫，羊蹄子深深嵌在地上，连碎石路上都能留下密集的蹄印。它们穿着白的或黑的羊毛衫，屁股上被牧羊人打了碗口大的红色记号，极为显眼，一点儿也不想混入大野的枯黄或者黄绿灰褐。反正，羊群在这件事上绝不妥协，用它们骄傲的颜色、聒噪的声音，为山野布道，一丁点都不伪装。

羊和人类的关系很复杂，它信任人类，依靠人类保护，最后被人类吃掉。羊一生认为狼、熊这些野兽才是天敌。它觉得人类是朋友。实际上，人类越来越不可能成为动物的朋友。因为人类太复杂，每一个人都是独一无二的个体，没有两个一模一样的人类重叠，所以不可能有共同的和动物成为朋友的意愿。

老天怜悯羊，所以让它快乐做自己，不必提心吊胆，不必虚头巴脑伪装。羊群吃草就是吃草，不像别的野兽，一边吃，一边聆听周围的动静，稍微有点风吹草动，就如同怪兽可怕的脚步声逼过来一样，逃之夭夭。

土狼会把自己伪装成牧羊犬的样子，狗里狗气，夹着尾巴靠近想捕获的动物。然而它忽略了自己身上的气味，哪怕隔着一座山，小动物们都能嗅到，逃得比谁都快。

牧羊人大概不会思考这些，放羊就是生活的一部分。日子就是推着磨盘下山，过一日是一日。山野过于空寂，让人容易恍惚。远离人群的好处是心静，坏处是迟钝。人在人群中才能成长历练，适应各种算计。独自在山野里啥也干不成，能有大把时间睡觉是另外一回事。

牧羊人觉得自己越来越笨拙，卖羊的时候，被贩子混入假币。小商小贩看他放羊放得傻呆呆的，肆无忌惮地欺骗他，他买的东西都比别人贵。而他的亲戚朋友，借他的钱又迟迟不还。小偷也会偷走他的羯羊，狐狸会叼走羊羔子。没有人体谅他放牧的艰辛。

大雨来临时，牧羊人披着古老的毡衣，那毡衣是个白色的口袋，套在身上。越高的山越没有树木，可能连灌木都没有。牧羊人独自立在山顶，雨水泼下来，他像荒野的遗产，孤独而厚重。荒野用一场接一场的大雨布道，牧羊人是唯一的听众。

雨那么大，冰雹砸下来，把成熟的植物果球砸裂，把蓼茇草扑倒在地。山野里的小动物们躲起来，昆虫躲闪不及，飘在水里，惊骇地呼叫。鸟儿收拢翅膀，趴在窝里一动不动。牧羊人吆喝羊群，转移到高处，避开山洪。大自然的脾气呛人，说干啥就干啥，一场山洪瞬间就会冲决而来。

雨来得快，停得也不慢。雨水把荒野洗刷得明艳动人，所有的草都愈加绿，所有的石头都愈加好看。雨过，天未晴，雾蒙蒙的，荒野里的事物洁净而俭朴，小野花们开在草地里，像毯子一般。高海拔的山野里，野花大都匍匐在地——再也无法更矮更低了，几乎贴着地皮盛开。一切真实自然，连羊群都能感受到大自然的清新洁净。

这种生活粗疏简陋，一言难尽——时而落魄，时而满目仙境。前一刻风清日朗，下一刻狂风暴雨。时而与世隔绝，时而百花喧嚣。时而在深坳里扑腾，时而在花荫瀑布下闲逛。山中万物此消彼长，相互依附，整个山野向着苍天敞开，迸发出惊人的美和力量。只有牧羊人是旁观者，在风雨和晴空里沉沉浮浮，在阴天和雪天里畏手畏脚。大自然把他打磨得皮实无奈，只能适应这种漫长时光。

有人说山中一日，世上千年。但是他朝出暮归，往返于红尘和深山，不能体味世外之幽深。

他是农区的牧羊人，没有牧场。除了牧羊，还种庄稼。农区的牧人时常想着去另谋营生，对放羊不大上心，有一搭无一搭。羊群规模很小，三五十只而已。农民喜欢热闹，就爱混迹在邻居和家人中间，不想独自在荒野里游荡。然而他放了一辈子羊，实在没有别的活路适合另谋。

他的放牧地点很随意，有时候在收割过庄稼的田地里，有时候在矮树林里，有时候在荒野山谷里。他和他的羊群到处流浪，除了羊价高低，其余对他来说毫无意义。

农区的牧羊人不大喜欢这样的日子，一边放牧，一边抱怨。日复一日，月复一月，离群索居，乏味透顶。除了吃烟，喝温吞吞的茶水，实在无所事事。羊群不会成为大群，还得天天跟着小羊群晃荡。羊少，每只羊他都熟悉，羊群也听得懂他发出的指令。清早急急忙忙出圈，喝几口茶，啃个饼子。午饭还是干粮，潦草对付几口。只有傍晚羊群归圈，才可以认真吃一顿热乎饭。然而羊群东逛西荡，又要饮水又要胡跑，磨磨叽叽的，回家总是很迟，那顿热乎饭也差不多凉透了。

真正的牧羊人在牧区长大，骨子里有放牧基因，祖祖辈辈都和羊群牛群一起生活，因而热爱牧羊。当然，他们也有牧羊的经验，或者说资质。天地万籁，他们熟悉每一种牧草的名字和习性，熟悉自己的牧场和草原山谷。牧区的羊群是真正的羊群，几百只，上千只，云朵一样漫过草地。牧人有马，有摩托车，有望远镜，不必天天跟着羊群晃荡，羊只要在自家的围栏里就妥当。

牧区的牧羊人大多养了牧羊犬，助自己一臂之力。牧羊犬可以最大程度上摆脱对人的依赖——它有一身厚毛，不需要再穿御寒衣物。饿了就随便逮耗子压饥，不必刻意等待喂食。它们管理羊群很在行，即便是很小的一只牧羊犬，走路都不稳当，也会对羊群有掌控欲望。

牧羊是修炼。有的人放牧一辈子，见惯了花开花落，草死草活，活得通透清醒，世事看淡。无论日子过得怎么样，内心富有平静。有的人看护羊群一辈子，看不见云朵山石，不关心苔藓和重叠的叶片，和原野毫无关系。孤独的日子让牧羊人变得少言寡语，百无聊赖。等老了，就靠在墙根晒太阳，吃烟，勾头纳梦。

老牧人如果回想往事，能想到什么呢？往事都蒙了一层灰尘，像梦一样，他的眼前必定是一群羊，他跟在羊群后面晃荡。一群羊跟另一群羊不一样，这一群不是那一群。一辈子经历了多少群羊？那些羊都去了哪儿？老牧人当然会想起美味的羊肉，油脂滴在炭火上，滋滋响。那么，枯了的牧草会想起吗？飞虫、蚂蚁会想起吗？土狼、马鹿、野兔子会想起吗？灌木、岩石、暴雨会想起吗？

不知道。我不是牧人，当然摸不清楚牧人的想法。如果和牧人攀谈，也许他会谈起这些，琐碎的、厚重的、听说的、见过的，也会谈起纯净的泉水和被花熏得清香的空气。实际上他还是喜欢回到叶子和花朵中间去。一个山谷就是一个微观世界。一片草原就能收藏万物。一个牧人就是一个自然学家。

也许牧人不会想这么多。放牧就是放牧，草木就是草木，羊群就是羊群。放牧不是消遣，是真实的生活。真正属于大自然的物种，必须单纯沉默。放牧自然也不是为了得到智慧或者纠正偏见，那些树木的暗影和潦草的旱獭洞穴，都不能给牧人启迪。如果想多了，就会吞噬放牧的风味。问题就在这里——放牧永远是放牧，然而又不是放牧。

对于务实者来说，思想的奔涌最好不要超过脚下的速度，也就是说，灵魂不要总跑在前头。也许牧羊人一辈子可能不在乎思考什么，只在乎羊群怎样。无论他思考得多么精妙，都不会多得一只羊。不如正经放羊，看山是山，看水是水，看羊是羊。不尝试改变羊群，也不尝试改变自己，放羊而已。

至于放牧的副作用，或者说是放牧的必然趋势，那就是能看懂少数的自然物象，而后顺其自然。那一山草木，秋天一到，忽如远行人，说走就走。那一亩大雪，落在羊的世界，遮蔽掉草莽贫寒。那一场寒流，窝藏小溪，未老先衰。人生天地间，全都是过客。人如是，羊群如是，山野如是。

是草木保管着苍茫大地

拾芥子

荒野里藏着一种草，叫拾芥子。拾芥子其实也不是草，就是若草若木的，不好说。主要是它的叶子长得像白茅草，茎秆却不怎么纤弱，几乎有拳头粗。这么粗壮的草，恐怕说是树也行呢，反正它自己硬要长成那个样子，谁也管不了。再说，人能管住草木的事情？

拾芥子嘛，是个慢性子，一天长不粗，两天也长不粗，怎么也得三年吧。初春，它把自己卷成一个纤细的捻子，钻出地面，慢慢地撒开叶子，抽茎生长。它顶喜欢藏在杂草丛里，不抛头露面。至于开花，也是不开的，那种搔首弄姿的事情它都躲着，活得多么含蓄有致。不低调也不行啊，它散发着清幽的香气，容易招来麻烦。

别的草们，蔓草啊，菟丝子啊，都帮着拾芥子躲藏。拾芥子稍微长大一点儿的时候，蔓草就赶紧依附在它的茎秆上，遮遮掩掩开几朵碎花。骆驼草什么的也一蓬一蓬丛生在它附近，远远看过去也就是荒草们粗糙地生长，不见拾芥子。至于长到三年，它粗壮了，青藤们就慌张逃窜过来，严实地覆盖它。

拾芥子生长的同时茎秆上渗出来细密的津液，最初像露珠一样清澈，见了阳光雨露，就慢慢变浑浊，有了胶质的那种厚重。最后，凝结成沉黄色的浓胶，散发出松胶一样的气味。大概，那些蔓草青藤们是喜欢这样清新的味道吧。

这时候，采药人就踏草而来。清晨，太阳还未照下来，荒草丛里，小虫子们唧唧叫着，草叶上露珠晶莹纷繁，风压得低，也缓，从草尖上披拂过去。弥散的雾气也慢慢褪去，有些小心翼翼的样子。这时候，拾芥子的松香味道顶顶醇浓，压都压不住，倏然随风吹来，清香得让人一惊，随即四下散去。

拾芥子大概是胆儿小，不敢散漫地零星生长。它们抱团儿，一窝一窝集聚在一起。采草药的人也不急躁，先拿一枝藤条在荒草丛里胡乱倒腾一番，惊吓走蛇啦鸟儿啦什么的，然后细细捕捉香气，掀开藤蔓，找到一窝散发清香的拾芥子掘走。若是单单说采药人花费的工夫，倒也是挺辛苦的哩，深山老林，棘刺丛生。蔓草们大概是很伤心的，不知道拾芥子心里怎么想。

世上的事，总是很难说。很无用的植物，并且散发着难闻气味的，模样儿亦是粗陋乏味的，反而活得逍遥自在，能活得老老儿的，自然地枯萎消失。倒是越有价值的，受到的伤害愈多。你看，为了取沉香，沉香树年年被刀砍斧凿，疼死了，一辈子苦苦熬着。苏合香亦是如此，都是伤口上渗出来的精华。拾芥子要想活到老，也很难，一般都是中年早亡。不过，古时候的人们也活得颇为艰难。山里人家，一年的花销就指望采药的钱，若遇上战乱，那就更加凄惨了。这么说的话，拾芥子和沉香都有着济世的好心肠。

采来的拾芥子，先把粗壮的、结胶厚的挑出来，放到溪水边晒。蜂蝶嗅到松香的味道就急着赶来，它们顶顶喜欢清香的味道。被太阳晒得黏稠的拾芥子汁液，粘住蜂蝶，使其很难挣脱。太阳落山，拾芥子汁液凝固起来，就把它埋入溪水边，做些记号。过了两三年，挖出来，拾芥子的胶脂就变成沉黄透亮的软石头，石头里藏着的蜂蝶虫子都能看见。

商人们来买走这些软石头。做啥哩？掺假哩。他们手里有秘方，把这些软石头加工炮制一番，打扮成琥珀的模样，掺杂在真正的琥珀里出售，不是行家根本分辨不出来。最早的琥珀不叫琥珀，叫虎魄，据说是老虎死了，精魄入地化为石，近玉石类。

我们的老祖宗在草药里造假是很有一手的，简直呱呱叫。汉朝风靡苍术，家家户户都得有。可是假苍术相当多，名医们抱怨说，这真是令人哀伤的事情呢，满目皆是假货。唐朝又风靡黄连，贵族们见面寒暄说，最近，你吃了黄连吗？所以假的黄连也是满天飞。至于沉香、苏合香，也是假的多，不过这两样是来自外邦的药材，早早就被异域商人掺好假了，不用劳心费神。可见，天底下的人是一样的贪钱，造假术心有灵犀一点通。琥珀造假很难，但因为有拾芥子，那可就容易多了。假的琥珀里连栩栩如生的蜜蜂虫子们都是天然的。

除了这个邪门歪道，拾芥子本来是一味很好的草药。拾芥子的胶脂提取出来，加入松脂，气味清雅幽淡，简直美妙至极。在屈原那会儿，美男子们出门，贴身佩戴一块拾芥子胶，叫芥魄，一路走，一路清香。这种香味适合男子，是一种自然的清香。那时候没有牙刷，刷牙不方便。取拾芥子胶和薄荷、甘草、柏仁等草药，研磨成粉末，制成药丸，淑女们清晨嚼一丸，饭后嚼一丸，口气清新，刷牙不刷牙的，也没有多大关系。

在药用方面，拾芥子胶脂能安五脏，定魂魄，杀精魅邪鬼，消瘀血，通五淋，也是很好的药。

东晋时期有位医学家叫葛洪，是声名远扬的名医。他医术好，肯散银钱给穷人，天文地理无不知晓，世称小仙翁。他也是个道人，精通炼丹，世上的草药没有他不懂的。

葛老先生隐居在罗浮山里，和弟子们炼丹。某一天，有弟子在炼制密陀僧的时候，不慎误用了拾芥子，结果释放出有毒的气味，熏得弟子眼睛红肿，起了一身疙瘩。葛洪大惊，说，密陀僧畏狼毒，看来和拾芥子也不能相处，亦是有毒的。

前来看病的人们没怎么听清楚，回去后就说，葛神仙说了，拾芥子有毒哩，他的弟子都被毒成那个样子，万万不敢吃了。以讹传讹，拾芥子就被人们抛弃了，因为葛洪实在名气太大，没有人不相信。

慢慢地，人们就淡忘了拾芥子，医家亦是不用。葛洪之后，已经少有人认识拾芥子了，医学典籍里也难有其身影。

李时珍说，拾芥子的记载很少，都是极早时候的。后世人也不认识拾芥子，有人所说的拾芥子都是误传。

大概，只是一味传说中的草药罢？或者是它后来藏得太好，参禅得道了，人们都找不见。来有因，去有果，也许是苍天的玄机吧。草药史上，还有一味失踪的草，叫青黏，三国时期，生长在彭城和朝歌一带，服用后能令人长生不老。青黏是华佗传授给弟子樊阿的。华佗去世，樊阿据说活了五百岁。樊阿之后，就没有人认识青黏了。一味草药神秘地消失在光阴里。李时珍做了很多研究，始终都没能找到青黏和拾芥子。不过他说，樊阿应该是活了二百多岁，不是五百多岁。樊阿是有着菩萨心肠的名医，悬壶济世，救人无数。只不过爱喝点儿酒，偶尔做回酒鬼。

桑

大唐名医孙思邈坐在桑树下替人针灸治病。他喜欢桑树。求医的人多，挤在室内空气容易污浊。桑树下好哇，风从远方来，清爽幽香。病人半躺在攒鼓里，四肢上扎满三棱银针，眯着眼睛听风走过桑树叶。这攒鼓，是专门用于扎针的坐墩，两端小中间大，鼓出一个窝窝来，病人半躺着陷在窝窝里。木头的支架上包裹了麻布棉花，很软和，头可以靠在攒鼓边上养神。有人被利刃伤了手臂，疼得龇牙咧嘴。孙思邈抓起一把新桑白皮烧灰，覆在伤口上……

茅庐前，弟子们炙炒药材，九地、防风、干草、蟾蜍……一个个都忙得像陀螺一样。他的邻居也来帮忙做酒糟。粟米碾碎了，掺了角子，发酵，晒在毒毒的太阳下。

他的茅庐简单朴实，木格子窗户上悬挂着金红色的药葫芦。篱笆墙上开满牵牛花，纷繁热闹，几只鸟儿相互啄羽毛。用细藤斜斜编织的席子铺在地上，晒满草药。荆草编织的帘子垂下来，被风推得一摆一摆。阳光透过草帘洒进屋子里，桑树枝条编织的屏风上，搭着药王的一件粗布衣衫，散发着幽微的草药香。

最伶俐的小弟子弓着腰，在马棚边的大青石头上吃力地砸胰子。胰子是猪胰子、羊胰子，从屠户那里运回来，一大堆，有点腥，还有血丝。掺了桑白皮，掺了肃州西卑禾海的沙碱，还有香草，新鲜的桑叶、白芷、冰片、赤小豆、白茯苓、杏仁、桃仁、丁香、冬瓜仁、苏合香、皂角等各种药材，掺在一起使劲砸。

这些东西反复砸半天，砸匀，砸出草木的香味来了，再放入石臼里捣。捣好了，就揉成团，晾晒在太阳下，翻动，晒干，就成了桑叶胰子。草药和香料经过反复捣砸，释放出清幽的草木味道，去除了猪胰子淡淡的腥膻臭味。这样的胰子，洗头发、洗脸、沐浴都是顶顶好的。当然，这都是要送到长安城里去的奢侈品，不是轻易就能用到的。

桑叶胰子洗过头发后，发丝柔顺黑亮，不仅没了头皮屑，连头发脱落都不会有了，还有一股天然的清香；洗面呢，肤若凝脂，弹指可破，面若桃花；至于沐浴，就更加好得不能再好了，人走过去，一路清香。药王说，头发不长，用桑叶、麻叶煮泔水沐之，七次可长数尺。

权贵们说，桑叶胰子的方子您老人家保密一些，不要被百姓们知道了，贫贱的人不配使用如此好的奢侈品。他却说，这是哪儿的话，白鹭在清水里沐浴，松鸡在浮土里梳理羽毛，这是上天赐予的权利。而且清贫的人更加要清洁身体，不然因为积垢而生了病，耽搁了农活，一家人要饿肚子。

他把桑叶胰子的方子刻在木板上，人人都可抄去制作。不过，百姓人家嘛，名贵的香料也没有，就连猪胰子、羊胰子也很少。药王又吩咐人家，采了桑叶晾干，烧成草木灰。然后掺在能采到的药材里，掺杂少量的猪、羊胰子，反复捣砸。砸出来的胰子虽然不是极品，但用于洗浴也是很好的，很能预防疾病。

可是，有的人家实在是太穷了，没有猪、羊胰子，火碱也没有，砸不出来桑叶胰子。可是过日子总得洗呀，蓬头垢面可不行。药王说，桑叶捣汁，加在淘米水里洗脸，洗过后肌肤光滑滋润，能去除褐斑。洗头用皂角水兑桑叶水，常常洗能令头发浓密乌黑。至于洗衣裳，用桑叶捣汁泡水，再用棒槌砸。若是被单之类的厚重织物，用草木灰泡水，再用棒槌砸。如此清洗，可防百病，使人康泰。

五加皮常服能肥妇人，桑叶常服却能瘦人。药王种桑树也很有意思，他在桑树根下埋了乌龟甲，桑树长得极为茂盛而无虫蛀，叶子肥大繁密。

桑树为什么叫桑呢？古书上说，日初出东方汤谷，所登榑桑，叒木也。叒，音若。榑桑就是叒木。太阳神和母亲羲和驾着车子，每天从生长在东方汤谷的扶桑神木出发，到西方的虞渊谷落下。

古代名医徐锴说，叒木是东方自然神木之名，其字象形。桑乃蚕所食，异于东方自然神木，故加木于叒下而区别之。

李时珍说，桑有数种：白桑，叶子大如掌而厚；鸡桑，叶和花都单薄一些，不肥厚；子桑，先椹而后叶，枝条生长得比叶子早。子桑，先有桑葚，后来才有叶子，次序不一样；山桑，叶尖而长，枝干坚韧。用种子种桑树很慢，不如剪了枝条栽种，生长快一些；桑生黄衣，谓之金桑，其木必将枯萎，结子叫桑葚子。

桑叶经霜后采收的效果好，称霜桑叶。桑根白皮入药效果也很好，叫桑白皮。甘而寒，无毒，去肺中水气，利水道，是治疗水肿胀满的首选药。桑白皮治疗刀创，有疏风清热、凉血止血的功效。年轻人头发花白，用黑熟的桑葚子搽涂，头发就能变得黑亮浓密。

有一个方子叫神仙饮，说桑叶常服很养生。四月，桑树茂盛之时，采得桑叶阴干。等十月，落了清霜，再采霜桑叶阴干。再等一下，满树的叶子落得只剩下二成了，再采摘一些。再等，落得只剩一成了，叫神仙叶，全都采摘了。然后一年里所有采得阴干的叶子都掺和在一起，捣成粉末，调了蜂蜜炼丸，冲服或者煎水代茶饮，就叫神仙饮。手足麻木的人，用降霜后的桑叶煎汤，频洗，也有疗效。

有个宋朝的医案说，有一天，严山寺来了个游僧，身体瘦弱且胃口极差，每夜就枕，遍身汗出，迨旦，衣皆湿透，连被单草席都被汗水浸湿，几十年求医皆无效。

寺里正好有僧人会医术，就带着游僧来到桑树下，趁晨露未干时，采摘了新鲜的桑叶带回寺中。没有别的草药，只单用桑叶一味，焙干碾末，每用二钱，空腹温米汤饮服。几天后，缠绵几十年的沉疴竟然痊愈了。游僧与寺中众和尚无不惊奇，佩服监寺和尚药到病除。《本经》里解释说，桑叶能除寒热，能止盗汗。

日暖桑麻光似泼，风来蒿艾气如薰。这样的草木境界，想一想都满心清香啊。这是我很向往的一种意境，"坐看溪云忘岁月，笑扶鸠杖话桑麻"。真是好，锄头落地，读书耕田，踏实安然。世上的事情，多么玄乎多么热闹，都不如农事兴旺好。四季枯荣相互替换，一树霜叶的萧条败落之后，生命更替，肯定会迎来盛大的春日，繁花似锦。生命的轮回都在草木的变幻里延续。人生的际遇也是如此，没有一成不变的枯败。最枯黄的时候，潜藏着最美的新绿。

世间最安逸的岁月，莫过于把酒话桑麻。像草木这样慢悠悠地活着，朴素地过着，多好。你知道，是草木保管着苍茫大地，是草木寄放着红尘禅意的光阴。而我们，保管好自己的心灵就可以了。

孤 独 兽

我梦见一种古怪的小兽，披着灰色的毛，眼神深邃，甚至是贼溜溜的，眼睛不停地转动。也许有角，也许没有。但是它有鬃毛，花穗似的，披垂在脖子里，爪子或者是蹄子脏兮兮的，抬起又放下。

厨房里黑黝黝的，不见亮光，只有灶膛里的火焰绯红绯红。那只小兽帮我烧火，不停地把干燥的树枝子塞进灶膛里去。可是，它有手吗？不知道哇，反正它半蹲着，骨碌骨碌转动着眼睛烧火。

是沙漠里的院子，我从空空的巷子里穿过。村口的院子就是我家。心里这样念叨。梦是一条隧道，打通了时光，演示几个片段给我看。这么多年不回来，邻居们肯定都不认识我。心里又默念。

案板支在院子里，似乎是正午。我揉面，手边搁着蒸笼。一定是为了蒸馒头。庄门口传来叮叮当当的声音，不知道是谁在那里无拘无束敲打农具。似乎是我父亲，似乎又不是。只是个影子，看不清，在梦里一闪而过。

厨房门敞开着，小兽脱下自己灰色的皮毛外衣，搭在灶台上。它突然说，"我洗了好多衣裳，都湿湿的，我想把衣裳烘干。"小兽说完，把皮袍子丢进灶火里，捂在火焰上。我看见小兽一件一件脱衣裳，脱完都塞进灶膛里烘干。它甚至把其中一件摁在地上裁剪缝补，改小了一圈，在身上比画一阵子。大概，它和它的皮毛外套处不来，不是湿漉漉，就

93

是不合身。

这家伙迟早会捂灭我的柴火，那些臭烘烘的皮袍子。我嘀咕着，找到一根弯曲的木棍，去扒拉灶火。我把小兽湿漉漉的皮袍子勾出来，那么多，亏它脱得下来。一蓬火苗重新燃起，还是那种绯红色的，火焰非常旺，发出呼呼的声音。

院子里和小时候一样，斜斜拉着一道铁丝，就是为了晾晒衣裳。小兽的皮袍子非常多，搭满铁丝。剩下的两件，我晒到杏树枝子上去了。那两棵树还是那时候矮小的样子，这么多年一直不肯长大。

不穿衣裳的小兽伸长脖子，把它柔软的、毛茸茸的犄角蹭在花园墙上磨。它花穗似的鬃毛不见了，也许随着皮袍子一起脱掉了。但是它磨角干什么呢？我忙着蒸馒头，随便瞥了一眼。

动物在生长的时候，会舍弃自己的一部分零件——比如马鹿会把脑门上沉重的角磕碰掉，蛇会挣脱自己的软壳，牛羊到了夏天就把全身的长毛褪掉。可是这只古怪的小兽，竟然连皮带毛都脱下来，可够狠的。

我不喜欢动物。柔软的，毛茸茸的长毛动物我不喜欢。贼头鼠脑的啮齿动物最好别看见。獠牙咧嘴的凶狠动物简直令人生厌。

小时候院子里有那么多的家禽——黑猪哼哼唧唧从我脚边走过，伸出长嘴拱一下我的脚踝，湿漉漉的令人难受。白公鸡和芦花母鸡扑打着翅膀干架，啄得头破血流。几只羊羔子推推搡搡挤出庄门，扯着嗓子喊妈妈。笨黄狗躺在屋檐下，伸出爪子扑打苍蝇。灰毛驴踩着凌乱的步子走来走去，它想挣脱缰绳跑到苜蓿地里去。兔子一个劲儿嚼菜叶子，眼睛红彤彤的，对路过的猫儿视而不见。灰鸽子在葡萄架下踱步，叼住躲在阴凉里打盹的小鸡翎毛。老鼠偷了鸡蛋，连滚带爬逃走。白杨树上结满麻雀，疯狂地叽叽喳喳。

那么杂乱的小东西们，尖嘴的，长毛的，有犄角的，吵吵闹闹太令人心烦，整个院子是它们的世界，好像我是不留心闯进来的。我的乡愁里，绝对不想有这些东西，全部剔除才好。我和动物处不来，只喜欢一院子花花草草。

梦很懂我。除了这只古怪的小兽，别的家禽根本没有出现。那些乱糟糟的小东西们，肯定是被时间给荒废了。而那一院子的花草果木，也渐渐荒芜，越来越少梦见。

梦就是这样，很难细究，不过是几个片段而已。并不是所有的往事都会被梦见，也并不是想念的人就会在梦里相见。都不是。梦无非就是一个梦而已。只不过我在梦里照见自己孤独的影子。

细想起来，世间最有名的梦，自然是《红楼梦》。这个"梦"的主题就是遇见。而遇见，不过是为了偿还。黛玉把眼泪还给宝玉，贾府把奢华还给苍天。那么，那些家禽遇见我，就是为了偿还嘈杂。那些草木遇见我，一定是为了偿还美好。可是，我遇见了父亲，有能力偿还的时候，我的父亲又在哪里？连在梦里都找不到他了。父亲知道我讨厌那些家禽，所以带着它们走远，让我的梦有一个清净幽微的时刻。

但是我知道，梦里叮叮当当修理农具的，就是父亲。他远远看着我，没有说话。那只古怪的小兽闯进我的梦，一定不是为了晾晒和裁剪它的皮袍子，它有可能意味着遗忘、寂寥、变幻或者柔和。是的，最近这段日子，我总是忍不住发怒。

实际上，沙漠里的那个院子，多年前被我舍弃之后，我觉得它会慢慢变得颓废——能用的木料都拆走，残壁断墙下老鼠洞随意增加，野草在院子里开始蔓延。苔藓弥合在断壁的伤口上，想修复往昔的痛楚。成群的麻雀落满墙头，抱窝，繁殖后代。一个好好的院子千疮百孔。

庄门拆走，院墙豁口大开，院子走风漏气，外面的东西可以随便闯入院子内部，刺探一家人曾经的生活区域。刺猬、流浪狗、蜘蛛、沙蜥蜴。风是院子里常来常往的过客，它带来沙土草屑，带来黑色的甲壳虫，带来草籽。这些东西一旦进来，就会长期驻扎，不轻易挪窝。破败的院子里全都是入侵者。

然而，我在梦里的院子依然是往昔的模样，花乱开，果木随便长，一派生机勃勃，毫无颓废之意。院子并不管主人去了何处，只顾自己蓬勃生长。

搬家后的第二年，我不忍心，专门去看了一趟——果然，院子是我梦里的样子。拆掉木料的庄廓里，邻居摞着几个麦草垛，没有老鼠洞，没有野鸟，相当整齐。庄门拆走后，邻居拦了一道柴扉，流浪狗和刺猬并没有占据废院。花园里依然花开花谢，果木依然葱茏。除了没有房子，院子和以往并没有区别。我想这是老天的眷顾，不忍心荒芜一个庭院。

我们舍弃院子的时候，一院子草木并没有停止生长。风吹来吹去，传达自己的想法——这家人远走他乡，不需要这个院子，但是村庄还需要，大地还需要，风自己也需要。风从沙漠里吹来，一头扑进村口的这个小院，已经习惯。如果这个院子荒芜，风不知道自己要吹到哪里去。迷路的风一定觉得自己非常孤独。

这么多年，我总是梦到我的院子，实际上院子已经被邻居重新盖房安家。院子是我的，房子是邻居家的。白天住着邻居，夜里住着我的梦。院子也很忙碌，不得不具备分身之术。它出现在梦里，给我一个柔和的场景，让我感到心安——喏，还是你的小庭院，灶火里火焰正旺。你舍弃掉的，我给你好好保存着，包括你对父亲的思念。

可是思念这件事，多么孤独。我想我一直记着这个梦，是因为彻骨的孤独。那只古怪的小兽，可能名字就叫孤独。孤独兽剥掉一层又一层的皮袍子，还是剥不完内心不断生长的孤独。

薰衣草的蓝

我常常独自去山野里看花。七八月份，整个山谷除了花，还是花。我一次次去，一次次遇见的都是花。到处都是花。花那么多，疯狂盛开，不管不顾。绿绒蒿谢了，蓝铃花盛开。羊羔花不肯谢，一直开。我觉得山谷这样不顾一切开花，有些不负责任，怎么可以这样摧枯拉朽，一路狂开下去？怎么也得歇口气儿呀？大概因为没有人类打扰，花儿可以恣意地开。

很快，小城外一大片种植的薰衣草也开花了。蜜蜂不知道从哪儿赶来，嗡嗡嗡乱叫着，发了疯一样攫取花蜜。薰衣草花田里，除了人还是人，尤其是黄昏，我常常被对面的人挤出小径，掉到薰衣草丛里去。从这头绕到那头，还是人，一样多，又被挤到花田里去。

蜜蜂简直太多了，从这枝花穗飞到那枝花穗，飘浮在花丛中。蜜蜂绝不是轻柔的小东西，它带着狠劲儿，跳着圈圈舞，携带利箭。

是的，我也不喜欢蜜蜂，尽管它的勤劳没的说，但是它有毒箭呀。它的细腰、肥臀、短腿、薄翅膀、黑黄的颜色、嗡嗡嗡的声音，我一样都不喜欢。我对不喜欢的事物，尽量避开，相见不如不见。

有小孩子捉到大个头的野蜜蜂，掐住腰，拴一根细线，边跑边遛蜜蜂。人那么多，小径那么窄，有人惊呼着躲开发疯的野蜜蜂。小孩子是喜欢蜜蜂的，但喜欢的方式就是毁掉它。

薰衣草开得最疯狂的时候，看花的人太多。人们跳到花丛里拍照，践踏花，顺便掐走一束一束花穗——这些人过于喜欢又不知道怎么表达。她们起劲儿折腾，扑进花丛里，躺到花丛里，打滚儿撒欢，认为这是喜欢的一种方式。

喜欢有时候也确实比较顽固，但是大可不必扑腾到花田里去折腾，去掐花，去啃咬花朵，去扑倒花枝，多么可怕的霸占欲望。爱花嘛，远远看一眼也是喜欢，嗅嗅枝头的花朵也是喜欢，爱就是一种想象，眼前的几朵花，能在心里泛起无边无际的花海，散发清香，这就足够，何必摧残它们呢。

有那么几天，一直阴雨连绵，到处雾蒙蒙的。我撑着伞去看薰衣草花田。没有人，没有蜜蜂，除了雨还是雨。花田上空浮着白雾，轻柔，谨慎，像在深山幽谷中飘浮着。

雨声也柔和，唰唰唰，雨滴轻轻落在花穗上，那么幽微，令人顿生倦意，内心静下来。薰衣草花穗瘦瘦的，柔柔的，挑着水珠子，很谦和的样子。独自走在花田小径上，打开手机，此时此刻，听英国民谣《薰衣草的蓝》实在很搭：

"薰衣草是蓝色的，嘀嘟嘀嘟。薰衣草是绿色的。

一些植物，嘀嘟嘀嘟，一些玉米。

一些人相互打招呼，嘀嘟嘀嘟，一些人去播种玉米。

而你和我，嘀嘟嘀嘟，让我们沐浴在阳光下。

薰衣草是绿色的，薰衣草是蓝色的。

假如你爱我，嘀嘟嘀嘟，我也会爱上你。"

一遍遍默念歌词，把自己沉浸在音乐里。如果说有想念的事物，那么这薰衣草也算。想念不如相见，嘀嘟嘀嘟，就是牵挂的声音。如果老天删除了人类的想念，那么这个世界就会空荡荡，无所谓悲伤，无所谓欢喜。一切都呆滞无趣，如梦亦如电，转瞬即逝。正是有这千斛愁，世界才柔软、灵活、生动。

民谣是那种淡淡的慵懒调子，把《薰衣草的蓝》唱得足够柔和轻盈，让人觉得爱一个人多么美好。然而除了幸运儿，普通人至少得具备一种特质，能够忍受硕大的孤独和失意。因为你爱的人和你之间，往往隔着万水千山。咫尺天涯这个词是最狠的。一念缘起，一念缘灭。

每一穗薰衣草都会开得无边无际——花田有边际，而花没有边际。有些人的内心也没有边际，是一望无际的荒野。那些荒地里，谁也不知道会长出什么来。有些人在内心修篱种菊，除了开花，还有诗意。

实际上，薰衣草的蓝，会出现在我们想象之外的地方。我们不可能有一片花田，我们其实只需要几朵花，几缕清香。这就足够了，这就是真实的生活。

说真的，雨天薰衣草的蓝还是震撼了我——我在想，如果此时此刻穿越到古代，最好是汉朝，当然，我和薰衣草一起穿越过去。如果汉朝没有薰衣草，也不必惊讶。如果我不会说大汉方言，也可以。汉朝的原野里一些人打招呼，一些人采采苤苣。我沐浴在阳光下，铺开薰衣草的蓝。

其实我就是想把"未来时空"的一大片薰衣草的蓝，送到岁月尽头的汉朝。我们用尽了古人留下的好东西，却没有什么能回馈。而这片干净幽静的蓝，和汉朝很搭，人们一边劳作，采桑锄草，一边唱《诗经》里的句子，背景就是薰衣草的蓝，那么辽远而清澈。

雨后的山谷

一匹年老的驴子，沿着被暴雨冲刷过的土路走回家。就在刚才，那场差点儿引起山洪的大雨瓢泼时，它躲在哪儿呢？山谷里空荡荡的，除了一些大树，它肯定没地儿躲。衰老的毛驴看上去十分潦倒，皮毛粗糙，眼神荒凉。它驮着一身湿漉漉的驴毛，驴毛紧贴在身上，蹒跚而行。

雨后的天空乍然放晴，一群鸽子从东山顶飞起，一群麻雀从西山头升腾，两群鸟在空中迎面相遇——它们重叠、交错，穿越彼此的鸟群，各自飞走，一只都没被撞晕掉下来，一只都没有被迎面的鸟群拐走。

路边的积水里凭空跳出小青蛙，让人疑惑，它真的是凭空出现的吗？下雨之前，路边不过是些稀疏的青草，连虫子叫声也听不到。可是，仅仅一场雨后，小青蛙就跳来跳去，叫声微弱而荒凉，哀叹自己降落在这个没有水塘的地方。当然，不过是野青蛙而已，叫不叫有什么要紧。山谷大得很，哪里会管这么几只来路不明的小东西。

山谷里到处是杂草，杂草丛里藏着乱七八糟的虫子，没一个好看的。还有蜘蛛、蛾子、黑头蛹、蚂蚁，都丑得要命。杂花也多，一窝蜂蹿出来盛开。野牵牛花啦，打碗花啦，绿绒蒿啦，开一下就好，很快就凋谢。鼠尾草、鸢尾、马莲，开个花死缠烂打，不肯枯萎。

但是，乱草里随意开出那么几朵单薄的野花，比如蒲公英、金盏菊、野百合、积雪草，一下子就有了无忧无虑的轻盈感，连乱草也不那么繁杂，变得谦逊起来。

藤蔓植物最有野心，它们扯着自己的藤蔓，穿过酸刺灌木丛，穿过水坑，爬上乱石堆，迎风扯长秧子。这种植物往往在叶腋下伸出细短的须，像无数小钩子，一路走，一路牢牢把藤蔓固定在障碍物上，绝不会被风掀翻。藤蔓植物在山谷里流浪，费尽心思蔓延攀爬，不断冒险，就是为了找到大树，好攀援到高枝上。但是树那么少，它们总也找不到。

而灌木类的植物总是携带利刺，所以无忧无虑地生长——管他是谁，只要挨着就是一顿乱扎。黑刺、沙棘刺、酸刺，针叶密密匝匝，刺刺霸气。灌木类的植物对自己要求不高，总是乱蓬蓬、懒洋洋地过日子。它们往往把那些不小心闯入领地的矮小柔弱植物，比如野草莓、菟丝子、艾草，挤得细瘦细瘦的，看不出是邻居，似乎是挟持的人质。被灌木丛挟持的植物没有腿，跑不掉，只好认命，蜷缩着，微弱呻吟。

其实植物江湖也相当复杂，它有自己的两个世界，外部世界和内部世界。只不过人类一般不去干涉荒野空谷里的植物小宇宙。人类喜欢自己种植植物，然后收割。荒野的植物过于杂乱，过于任性，人类大多不喜欢它们。

可是我喜欢到山野空谷里去闲逛，看花看草，观察草木世界。有时候，我觉得自己没有草木那样自信，我总是小心谨慎地面对生活。不能够像藤蔓那样无拘无束地奔跑，不能像灌木那样坚如磐石。我拨不开周围的雾气，只能怯怯而行。

雨后的山谷，除了那匹衰老的毛驴，一切都开始狂欢。鸟群在天空飘移，整群整群，忽而高忽而低，亢奋无比。旱獭十分猖獗，到处挖洞，这儿那儿冒出来一堆一堆的湿土。细腰蚂蚁四处狂奔，天知道它们在忙什么。老鼠打着一朵蘑菇伞，大摇大摆地溜达。毛毛虫从栎树叶子上掉下来，摔得鼻青脸肿。只有蚯蚓沉得住气，把自己摁在湿土里，按兵不动。一只黑老鹰阴森森地蹲在山头——世界喧嚣，唯有我孤独求败。

乱草淹没石墙，野花在杂草中升起，藤蔓爬上石阶。独活草从青石头后冒出来，大黄的荷叶裙格外肥大。藿香依偎着枯木肆意蔓延，厥麻藤想跟铁线莲私奔。空荡荡的山谷变成植物的狂欢地，人类听不见它们疯狂的尖叫和呐喊。

它们在过去的一段日子被太阳炙烤，忍受着干旱的苦难。现在，借助一场透雨，空谷里摇曳着植物恣意的身姿。甚至连枯萎了的地达菜，也饱胀起来，一层层柔软的裙衣叠加、膨胀。树木不多，它们的枝干中涌动着吸饱的雨水，枝繁叶茂，看上去沾沾自喜。

下雨这件事老天必须做下去，绝对不能含糊。养育草木小兽这件事是山谷永远要承受的，不可偷懒——绝不会有谁来监督，要靠自己坚持。世界就这样反复循环，山谷凹陷，而后丰盈。草木干瘪，而后蓬勃。那些兽类，受伤的要自己愈合，饥饿的要自己觅食。那些植物们，凋谢的要自己枯萎，生长的要拼命吐故纳新。

打败草木小兽的，不是大风，不是干旱，是月光。夜晚那清冷的光辉洒在山谷里，无论是枝条还是花苞，小兽还是虫子，都能感受到一种硕大的孤独——月光是透明的短箭，射出千万缕彻骨的荒寒。光阴似箭，就是来自月光的箭。那些带着寒意的箭闪电般的，击中山谷里的一切，让它们的孤独感经年累月地慢慢积攒，而后溃败。

我在一个月夜进入山谷，空荡荡的，只有月光披垂。那些尖刺的植物，比如大蓟，披着盔甲的植物，比如萱麻，都在月光下被打回原形，看上去是各种形状的身影，绝不是白天的样子。空谷里虽然听不到声音，但我坚信有声音在不断传递。

藤蔓从路旁爬出来，拦在路上，我相信黎明时它们会收回自己的爪子回到草丛里。野杏树在风里抖动，不知道是因为冷还是孤独，看上去柔弱而疲倦。半明半暗的光晕，山坡上黑沉沉的植物阴影，那些稀疏的芨芨草摇摆个不停，依稀掺杂几声夜鹭的叫声。苍白的月光遮住山谷，植物和小兽们都被孤独包裹，挣脱不开。

和我同行的是几位醉酒的诗人，他们跳下车，在洒满月光的山路上群魔乱舞，又唱又跳，呼啦啦惊起一群蓝尾鸟。如果他们闹腾的声音传得足够远，也许会被山那边的马狼听见。他们胡乱蹦跶着，把自己的身影扭成古怪的形状，以为是胡腾舞。他们还大声朗诵着古人的诗句，把自己感动得一塌糊涂，甚至掉下眼泪。

月光下，陶渊明是孤独的，王维是孤独的，杜甫更是孤独得快要晕过去。我知道醉酒的诗人们也是孤独的，尽管平时装作强悍的样子，但是在这深山空谷，被驻停的月光一照，全都打回原形。他们痛哭涕零，绝不是因为古人的诗，而是来自内心深处的孤独。

月光摁住山谷，用苍凉寡白的光晕一顿猛攻，草木小兽都动弹不成，因为突然袭来的孤独感，它们愣怔怔迷瞪在原地。人只要活在地球上，就会有孤独感。山谷过于空旷寂寥，月光过于清冷，和诗人们处不来。大家上蹿下跳撤退出山谷，醉酒的人还在妄语，说万物生、万物荣，是因为太阳的恩泽，月亮是个没用的家伙。但我知道，是月光打败了他们，把他们打回孤独的原形。

我常常在冬天的雪地上遇见一摆一摆走着的醉酒人，如果不是孤独，怎么会喝成歪歪扭扭的样子。

这个世界就是一个孤独的世界。如果想得到一点儿支援，支援来的依然是孤独。有人感觉从单调乏味的日子里突围，进入诗意盎然的境界，其实没有，这是从一种大众走入另一种小众的孤独。孤独就是地球的宿命。

独摇而上的闲时光

1

清晨六点从兰州出发。途经环县大野，这里泊着巨大的风车，在薄雨里慢吞吞地转哪转哪，山不转水转，水不转风车转。荒野里一种开着金黄小花朵的灌木连成片，我老家叫猫儿刺。小黄花碎碎叨叨开得随心所欲，旷野看上去有簪花满头的感觉。风寂寞地穿过猫儿刺，抱着几根草茎徘徊。

两点多抵达山城堡，又累又渴，到路边一家小饭馆吃饭。风卷着牡丹花的门帘，哗闪哗闪。老板的方言只能听个大概，但很温暖。茶叶是环县本地作家带来的——两只小橘子，剜开蒂，掏去瓤，塞入晾干的地椒草。他告诉我们，地椒草是环县山野里的一种草，也叫野百里香，是一味草药。

地椒草从橘壳里倒出来，褐色，毛毛的，尖尖的，一股淡淡的清香味。冲入滚水，泡一泡，茶汤是淡黄色，不浓，有点花香味，喝一口，透心入肺的清爽，独有一种滋味。

陇东有一种小吃，嫩苜蓿打汁揉入面粉中，蒸出来的馒头呈碧绿色，带着淡淡的野菜清香，配紫菜汤，很好吃。

还有一种小吃叫抿节，豌豆面做的，面条微黄，寸许长，软而筋道，浇上素汤，相当好吃。碗是那种粗瓷褐边的大碗，朴拙，有一种旧时光的气息。头上冒着汗珠，吃下一大碗。每个地方的食物，都有自己的味道。

2

路边，一个中年男人守着一车香瓜卖。白亮的阳光射在他微秃的头顶上，看得清汗珠子。他的脚下是一大片杂草，夹杂着零星几朵黄花。从远处看过去，像裁缝铺子堆在地上的一些绿色碎布头，他就站在碎布头里。

3

往宁夏方向行走，路边的山都不高，山坡很缓，一点儿也不陡。山上的树木也不高大，看不出来是什么树，树冠的弧线很美，一团一团，绿蒙蒙的。

停车吃香瓜，没有切，直接拿在手里啃。阳光正好，几棵大树，叶子小而泛着沉沉的绿意。没有风，树叶子轻微摇摆，沙沙的，像米撒在竹箩里，疏朗而柔和。

路过几个村庄，青砖白墙，朴素清凉。村庄里有棵古树，树干粗糙老朽，枝叶稀疏，弯了腰，很像一个长着山羊胡子的老人俯身咳嗽，一只手按在胸前。

再往前走，路颠簸得厉害，正在修高速路。路边矮矮的一座小山，其实也算不上小山，大概属于黄土丘陵的那种，山尖被挖掘机削走了，留下土黄的茬子，山坡上的草还绿着——从远处看过去，这个丘陵似乎

105

猛然间被抓掉了帽子，一副吃惊的样子。

4

正午，抵达贺兰山岩画所在的山谷。

天极高，极蓝，山谷沉寂。千岩万壑里藏着远古的岩画。栈道旁边的树，像楸树，叶子是石青色的，很鲜嫩。倘若我是岩羊，就喜欢得没法说，毕竟看上去太好吃了。

几座形状古怪的山，怪石嶙峋，山头的草木在风里晃，像几个远古之人在捋着胡子聊天。

看到第一幅岩画——空中飞着一只鱼。线条朴拙，像个稚童随手涂鸦出来的。可是细细看，却朴素而饱满，那鱼儿似有啪啪飞翔之声。

许多山羊岩画，线条简单，但干净且弹力十足。尤其是羊角，朝后捋过去，弧线极其优美。羊胡子翘起来，像被风吹了一下。它们好像听见了什么，神态诧异。有一处猴头像，左眼深陷，右眼突出，睁一只眼闭一只眼，太传神了。关键是猴子还戴着一顶帽子，难以想象。

还有诸神的面像。奇怪，就那么寥寥几笔，却透着偌大的肃穆威严感。尤其是太阳神岩画，重环双眼，长睫毛，阔鼻，圆脸，头发像光束一样放射开，神圣而不可思议。为诸神画像，大概是上古之人宿命的主题。

修长的手印图，桃形的人面像，下跪的牛……还有几幅更加神秘，第一眼看上去是一个女人的脸，两侧挽起发髻，发髻底下又垂下两缕发丝，很飘逸。再看五官，不是眼睛、鼻子，而是一个站着的人——伸出的双臂弯曲，腰里横着一根棍子。叉着腿，叉开的腿缝里，似乎还有什么，看上去有四条腿。有人认为和生殖崇拜有关，也有人说是图腾巫觋的造型。

还有一些神秘的符号，线条粗重，气场强大，造型完全不像是人类的手笔。

天地之间，总有一些不为人知的秘密。

5

清早，太阳影子刚冒出来，吃了一碗呱呱，爬崆峒山。我清早从不吃冷凉的食物，怕伤胃。可是呱呱是初次见到，估计胃会原谅。荞麦面，浇了油泼辣子，像锅巴那样的。我们河西走廊自古是产粮的地方，不太有杂粮小吃，大概都不会做。

崆峒山有各种各样的草木，我认识的不多。在半山腰看见了白蒿，又嫩又绿。《诗经》里的鹿，就是吃白蒿的。呦呦鹿鸣，食野之苹。苹是陆生的蟠蒿，白蒿算一种。鹿喜欢吃的九种解毒草，大概崆峒山都有。

崆峒山极陡，极高。爬到顶峰，心生愧疚——神仙住的地方，凡人非要跑来乱窜。

6

赶上了末班车，回家已是深夜。

小区门口，有人趁着夜色扔了一堆垃圾。两只细长的流浪狗，提起爪子扒拉垃圾，寻找食物。看见我，眼神古怪，立刻跑远了——它们有多害怕人类。

走几步回头看，小狗又回来，继续低头翻腾垃圾。路灯把它们单薄的身影拖得老长，看上去孤单而飘零。

突然想起多年前，我在一个大雪天里，在老家的山弯弯里徘徊。那时候我是个孤儿，没有家，徘徊的原因是不知道到谁家里去坐坐。那种孤独无助的感觉，不知道怎么的，看见小狗时突然袭来，心里倏然一紧。

小区院子里，迎面遇见两个女人，身上背着硕大的编织袋，塞满了废品。每天深夜，都有一群这样的女人，游走在各个小区的垃圾箱边。她们就着昏暗的路灯，翻拣出有用的废品背走。我不知道白天她们干什么活，也许在工地搬砖，也许在饭馆洗碗。

倘若不是小时候被爹天天背到学校，把逃学的我按在凳子上读书，现在的我，也许也像她们一样，深夜出现在街头，背着硕大的袋子游走。

想起当年镇子上的一个邻居长叹一声说，人活着，真真儿难肠。

抬头，高楼上万家灯火，一片辉煌。我的窗口被邻居家的灯光映着，花草影影绰绰。我突然掉下眼泪来，有家可归，多么好。

7

休息一周，朋友相邀，陪她去山野里散散心。

呼朋引伴，一车人浩浩荡荡出发。在深山，找到一处河滩，安营扎寨，生火、煮羊肉、烤蔬菜。

今年大旱，山坡上的庄稼只有两寸多高，干焦得蜷缩起叶子，趴在田野。田野里裸露着土黄的地皮，青草几乎全军覆灭。

据我的经验，今年羊肉要大幅度涨价——没有草，羊们将大批大批消失。一个老人赶着几只瘦羊路过，看看我们，没有说话，脸黑瘦而疲惫。

羊肉熟了，冒着新鲜的香味，从河滩上空穿过。朋友们划拳喝酒，啃着骨头。我端起一碗羊汤，喝一口，内心不安——满山的庄稼都绝收了，我们还在大块吃肉。

回来的路上，满车的人都在唱歌，喝醉了酒，享受了山野之趣，没有道理不高兴啊。路过一个村庄，两位老人坐在庄门口的大石头上，满脸愁容，青色的衣裳破破烂烂。也许，好衣裳还是有，不过庄稼晒成这个样子，菜畦里苗都枯了，没有心思穿。

我不敢唱歌，面对这样一个惆怅的村落，高歌是有罪的。

路过几条河，都干枯了，连指头粗的一股水也没有。不知道山坡上的牛羊去哪里找水喝。

我们走的这条路，是新修的，还没完工。大山被挖掘机剖开，大量的植被被砂石覆盖。一条路蜿蜒而上，一座山几乎被剖得面目全非。山上的水路被拦腰掘断，每当有暴雨，就会冲断大路。今年无雨，去年被水冲坏的沟壑也没填平。

庄稼人，从来不会破坏草木。只不过，被别人破坏环境后，都由他们来承受干旱和枯焦。

8

车停在一处树林边，大家去找蘑菇。

干旱年份生不出来一朵蘑菇。树下的苔藓枯黄，褪了绿气儿。没有水分，它们秕了，把枯了的身体紧贴在浮土上。倘若有一场透雨，苔藓会慢慢复活。可惜雨不来。

雨不来，虫灾来了。一种丑陋的黑虫子，在松针上横行霸道，春天新努出来的针叶都被吃光了。往年，新枝子都能伸长五六寸了。树干上，一簇一簇黄褐色的小虫子，安营扎寨，准备大干一场。还有一种全身长满爪子的虫子，怪模怪样，珠子一样坠在松针上——幸好它们不穿鞋，不然那么多脚爪要穿多少双。

满山的松们，抑郁地看着我们，一句话也不说。能说出口的，都不是痛。一棵树可以直上云霄，可以覆盖半个山坡，但胜不过针尖大的虫子。

9

遇见一个叫完颜的女孩。一开始，我以为叫万燕——我们的方言总是走音。后来才知道，她来自泾川完颜村，是金人后裔。

据说金人最后一个皇帝完颜承麟在与蒙古作战中战死，埋葬在甘肃平凉的泾川。完颜女孩的先祖是守墓人，都是金兀术的后代。

完颜女孩长得高大，体格健壮，长脸，侧脸略扁，眼梢上斜，看上去真的不像汉族人。她笑着和我挥手，风吹着她额前的几缕头发，我觉得自己行走在宋朝的光阴里，和古人道别——走着走着，竟然遇见一个金兀术的后裔，整个人都有点蒙了。

10

我想起来另一件事。我的朋友是个诗人，出生在河西走廊的纳央草原，古时候属霍尔国白帐王、黄帐王和黑帐王的领地。某一年的一天，爆发了霍岭大战，霍尔国和格萨尔王厮杀一场，很不幸，霍尔国战败。

格萨尔占领了广袤肥美的纳央草原，百姓都要受格萨尔的统治。霍尔人难以接受自己是战败者，虽然表面上顺服，但是内心深处是仇恨着岭国的。而且，草原上的山神、水神，都是霍尔国的战将，对格萨尔的占领始终不服，暗暗抗拒。

因此，整个纳央草原是忌讳唱《格萨尔王传》的。若是有人忘了规矩唱出来，山神水神就要发怒，降下灾难。下冰雹打掉青草，发洪水冲掉羊群。叫你胡唱！叫你不长记性！

朋友说，自从霍岭大战后，草原上出现了许多神秘的现象。深山峡谷的大石头上，显示着人足印、马蹄印和箭印。有的马蹄印，清晰得就连蹄腕后的那撮毛都拓在石头上。据说，这是格萨尔征战时留下的，作为胜者的标记——你的草原我来过，霍尔国我战胜过。

纳央草原的人们从来不在农历八月十五杀瓜献月，他们惧怕山神发怒。因为格萨尔在农历八月十五那天擒住了他们的首领霍尔王——这也是他们的历史隐痛。

11

读闲书，说有一种草药，入药时要把心抽掉，不然令人无比烦闷。

我独自笑了很久。一味草药，也有红尘心。找来几枝，截断，仔细瞧，果然有心。根的中间，一线细细的白梗，那便是草药的心了。

又说有一种虫子拉了网，人们把网丝儿收集起来，缝在衣领里，倘若走在空旷无人的树林里，可以听见红尘之外的声音。

关于山芋。说两个部落厮杀，一个被围在深山，出不来。困兵饥饿，遇见一种植物，想拔，拔不动。顺着藤叶刨下去，刨出一颗棒子一样的根茎，惊骇地"吁"一声。士兵们吃下这种"吁"，士气大涨，冲出重围。后来，人们把这种植物的块茎叫"吁。"后人觉得是山里遇见的，改为山遇。再后来，慢慢变成山芋。

叫"吁"多好，一声惊叹，留下千古空白。

雨天读书，简直好到极致。窗外一阵急一阵疏的雨声，燃一撮柏树枝，青烟袅袅。光脚，拥被而坐，在寂静里慢慢翻书。黄金屋和颜如玉都没遇见，却遇见各种有趣的文字，嘿嘿笑出声——似乎雨中广袤的天地，都是为我一个人准备的。

12

去年十月，去南京学习。

南京的天黑得特别快，才五点就有了黄昏的意思。年少时在沙漠的村庄里，晚上十点，还不十分黑。

天黑得这么早，不免让人心里有点慌张，觉得日子一下子少了点什么，把光阴白白浪费了似的。

黄昏的光线里，有个流浪汉坐在地上，举着一面镜子——也不算镜子，就是巴掌大的一块碎片，大致是三角形。他认真地照镜子，从头发一直照到下巴。他把那片残缺的镜子使劲儿在袖子上擦，又在衣襟上擦，高高举起来，张大嘴巴看他的牙齿——大概牙痛，他想知道哪一颗牙齿坏了。

他痴痴地看着镜子里的自己。大概，他也没想到自己会活成这个样子吧。

梦里风吹树梢响

爷爷从庄门外进来，黑着脸，没有一丝笑容。他大概心烦，坐在屋檐下的青石板上，一下一下磨镰刀。要收庄稼了吗？可是，现在明明才春天，黄沙天天都刮不完。我这么想着，推开爷爷的房门进去找东西。

屋子里也不甚亮堂，黄沉沉的，反正没有太阳。柜子门开着，我的衣裳堆了很多，棉衣、大衣、裙子。我一件件抖出来，哪一件都柔软干净，色泽极艳。地上好几个包，衣裳塞进去，鼓鼓的，东倒西歪。

这会儿都下午了，出山的车还有没有？若是没有，这么多包，几十里山路，怎么背出去？反正，我肯定要离开，一会儿也不想耽搁。

可是衣裳很多，连炕上也是。我跪在炕沿上，挑挑拣拣——包太小了，我要把衣裳包在一条花床单里背走。

爷爷忽而又在炕上坐着吃烟，烟锅子咣咣咣敲在炕桌上，依然冷冷的不高兴。他吃烟锅子怕费火柴，点着一盏小油灯。那灯火也昏黄黯淡，不甚明亮，黄铜杆儿的烟锅子凑上去，爷爷猛吸两口，吐出几缕青烟，很缥缈。

我从炕沿下摸出一枚长针，大概是缝被子的，还拖着一截青线。抽掉线头，我把大针戳进灯芯，拨亮油灯。可是，房间里依然昏暗，爷爷的身影影影绰绰，不甚真切。他似乎很高大，一身青衣裳，腰里缠了一条布带。花白的胡须上落着烟灰，我远远地坐在炕沿上伸长脖子"噗"

的一声吹掉那些灰尘。

爷爷默然坐着，沉而稳，像一尊佛像。吧嗒一声，烟锅子里一撮火星掉出来，在炕桌上跳跃。屋子里静默无声，唯有吸烟的声音清晰飘荡着，幽幽的，凉凉的。爷爷的烟袋就挂在腰里，细羊皮缝的，吊着几串穗子，看上去朴拙得很。

我粗手笨脚地终于收拾好了行囊，打算一件件搬运到庄门外。爷爷吧嗒吧嗒吸着烟，声音含混地问，你明天回不行吗？我赶紧摇头说，那可不行，这就要回——爷，你可能都不知道，我早就搬到县城啦，再迟，出山的车都没有。

庄门外，山顶上大片大片的青庄稼，油菜花也开得黄澄澄的，美得让人不舍。风从山顶刮过去，卷着墨色的云，暗含着几分雨水的味道。门前的杨树正在开花，杨树花白亮的絮儿漫天飞舞，迷幻得如梦境一样。猫耳朵草也顶着一头淡黄的花朵，在低暗处飘散着淡淡的清甜气儿。周围寂静着，渗透了苍凉的寂静，连麻雀也没有啼叫一声。

才春天哪，庄稼怎么长得这么绿啦？我回头大声朝着院子里问。院子里静悄悄的，爷爷的房门半开着，听不见回答。铁丝上挂着大白狗的链子和项圈，狗也不知道哪儿去了。大白狗并不认识我，每次我进门它都要扑跃着，嘶喊着，狂吠一阵。

我很小就离开爷爷家，去了遥远的沙漠。偶尔回趟老家，邻居们不认识我，狗也不认识我。可是，爷爷怎么一声不吭呢？他明明在屋子里吃烟哪？

我拖着大包小包，吃力地爬上坡顶，有一种逃离的急迫感。大路上空空的，一个人也没有，村庄也空空的，寂静无声。我想，我们都走了，只留下爷爷一个人守着空屋子，连狗也没有。村子里也没有人能说说话，他可真可怜。

我的包裹都堆在土路上，很多。路边是浓密的野草，草丛里有几口残破的水缸。树们长得好好的，粗枝大叶。几根粗藤盘腿坐在石头堆里，墙头的草也泼洒在昏黄的光线里，活泼泼的，显出几分暖意来……

梦醒，已是艳阳高照了。爷爷可真是孤单，这么想着，我拉开窗帘，窗台上的杜鹃开得如同火焰一般，似乎是从枝子上喷出来的。

有一个梦，很依稀，但醒来琢磨了很久：

似乎是清早，很多人，大概是个采风活动。有人在我耳边说，等会儿，我们会见到一个贵族。然后，人声嘈杂，大家纷纷出发。

过一会儿，竟然只剩下我独自走在一条山路上，人声俱寂。山路崎岖不说，还有很多草糊滩、水洼地。我穿着粗布外袍，笨拙粗糙，系了一条烟灰色的布带，腰间还挂着一枚玲珑的坝，深紫色，闪着琥珀一样幽幽的光芒。

明明要去见贵族，却穿得这样寒碜。我叹了口气。

这时候正在上坡，我牵的马却突然陷进草糊滩里去了，淤泥慢慢淹没它。救我呀！那匹马大声喊着。我拼命拉紧缰绳，扳着马脖子，说，你自己也要使力气，不然我救不了你。那匹马果然豁出去老力气，猛然挣扎了一阵，走出草糊滩，站在大路上，脊背的毛一阵一阵颤抖。

这不是一匹骏马，有点衰老，腹部的毛很脏，大概在家里常常驾辕。果然，它拖着有横梁的木车，车上空空的。这匹马也不顶顶精神，都有些疲惫哩。也不是很白，有点灰，又好像是衰草的那种颜色。应该是一匹青马，对。

我从笼头里抽出缰绳，奇怪，缰绳上居然打着个吉祥结，用细细的牛皮绾成。马背上还搭着氆氇毯，色泽绚烂。虽然是一匹老马，但总归是讲究的。我这么思忖。

驾驭马车，我是会的，打小就深谙此术。可是，车辕太长了，我坐上去，青马遥遥地在前头，根本看不见路。还是牵着它走吧。

路过一个小镇，极安静。路边有几间房子敞开着屋门，质朴清幽。

门前摆着草扆、几口坛子。一串蒼卜花从草丛里伸出来，一直伸向屋子的门槛。几株银杏树高大茂密，枝叶从屋后升起来，风吹着，哗啦哗啦响。泥皮墙被风雨吹洒，散发出一种旧时光的味道。旧时光是什么味道呢？遥远，寂静，苍凉——大概就是那样吧。不会有焦虑，也不会有急促，慢而悠闲。

没有人，老马也没有说话，可是，我耳朵里却灌进来声音，说，这是贵族的旧居，叫芍药居。现在，他当然不住在此地啦。不过，常常有人来这个镇子，看这所旧房子。所以，屋子门窗才一直开着。

我想，既然是旧居，贵族终究是要来的，莫不如就在这里等等看。可是，老马频频用蹄子刨地皮，它说，找个坚硬些的地方待着才好，不然又要陷下去。

低头看下去，果然，这次是我，踩在草皮水洼里，脚慢慢往下陷。

你的脖子这么长，赶紧伸过来呀，我叫喊着。那匹老马伸过来长长的脖子，然后，我抱着马脖子跳出泥地。

我们去屋檐下吧，那里无论如何都不会有泥沼，而且还能等等大家——他们一定在路上，还没到达呢。我对着那匹老马说。

屋檐下竟然很宽阔，脚底下尽是小石头，各式各样。我拿过一枝银杏枝子戳戳地皮，硬拽拽的。那匹老马嘴里嚼着树叶，树叶在唇边翻滚着，咔嚓咔嚓轻响。

贵族来了，有人这样说。

贵族从一辆车上走下来，不高，黄脸，几绺头发垂在额际。贵族用掂斤播两的目光瞅了一下屋檐下的老马，温和地笑笑，并没有说话。

虽然他也不年轻了，有些衰弱，看上去连力气也没有，甚至有一种透彻的、看多了世事沧桑的疲惫。不过，到底是有些温文尔雅的底子，不粗俗。我暗自这么思忖。

这时候，似乎是卡车停在路边，都是早晨说好采风的那伙人，在喊喊喳喳议论，说是要写一封信，就坐在车上写。

我想，写信？给谁写信呢？我也没有一个可以捎书的人哪。那个贵族偏着脑袋看过来，他的目光很犀利，像老鹰的眼神，似乎能洞悉我心里的想法。大概，心中有丘壑的人，都有这样的目光吧。也许，他经历了一些寒凉蚀骨的事情，才变成这样——不是一个透彻坦荡的人，多少有些狡诈，或者是悲喜沧桑。我胡乱思忖。对一个陌生的人，最好不要轻易下结论。

还是离开这些嘈杂的人吧，我可不愿意写信，真的没有谁叫我一直想念。这么想着，我就牵着马离开屋檐下。老马的嘴里塞着一嘴树叶子，还在咀嚼。它说，一直朝前走吗？我轻轻抚摸了一下老马粗糙的毛，紧紧它的腹带。它的腹带也是用五彩氆氇编织的。

我把腰里的那只埙举起来，慢慢吹，声音低沉苍凉，飘荡着世事沧桑的辽远。路上一个人也没有，风吹着我的粗布衣袍，袍角扑闪扑闪拍打着脚面。路边的青草尚未卸去露珠，芦草绿得古旧而清淡，不招摇。深山虽空寂，但并不孤独，有些汉朝的气味——金戈铁马的呐喊都落下去了，只有闲茶落花的清幽穿越光阴。

山静似太古，日长如小年。我慢慢想，是不是走进古人的时光里去啦？嘴里反复念叨：世味门常掩，时光簟已便……

下面这个梦不陈旧，是前两日才做的：

村落是年少的我在沙漠里的家。窗外的风似乎刮得很大，炉子里火苗扑闪，一壶水噗噗噗响着。我擀面，一张很圆很大的面。我似乎头发很长，动不动就散落在胸前，不能好好擀面。门槛上蹲着我家小黄狗，长舌头舔着脸，眼神妩媚。这样的时光，真是好。我心里这么想着。

门帘一挑，屋子里倏然亮堂了，爹背着一些东西进来。他愈加瘦，瘦高瘦高的，面颊都瘪下去。你打哪儿来呀，这么大的风。我问道。啊？我是做媒去了，风，也不是顶顶的大，眼睛能睁开。爹回答。

听，风停了呀。我说。

爹的茶黑红黑红的，像一杯牛血糊糊。他盘腿坐在炕上，大口喝，呼噜呼噜。炕桌上再也没有什么吃食，爹光是喝茶。他的衣裳都是新的，袜子也是新的。

奇怪，我问道，你去做媒人，连茶也没得喝吗？渴成这样。往年做媒，人家不是炒了鸡给你吃吗？

你擀面这么慢，磨叽得很，我都走饿了。爹说道。他把碗底的残茶隔着挑开的窗子泼出去，又在空碗里添满浓茶。

可是，你去给谁家做媒呢？我好奇地问。

给你呀，你也不小了，总是嫁不出去，我愁哇。爹点燃一支旱烟，吸着，吐出大口的烟，一脸愁闷。他的眉毛很浓，几乎要在眉心合成一条线。

我突然就生气起来，拎起一个很大的袋子说，爹呀，你居然接受了人家的聘礼，真是可笑哇。

然后，我又极为炫耀地说，你都不知道吧，我现在是作家啦。你做媒，我能听得进去？趁早儿把这些聘礼都还回去，不然我天天和你顶嘴，天天耍赖不干活，天天不去学校不考试，天天花钱……

我把那个装聘礼的袋子搁在一条粗糙的木头板凳上，开始耍赖。炕沿是用一根横木做的，磨得灰黑发亮，小黄狗咬过的牙印儿清晰可见。炕上的床单是粉红色的，大朵大朵的牡丹。被子靠在墙角，苫着一块绣花的布。爹靠着被子，那块绣花布被挤得皱皱巴巴的。我的围裙也是绣花的，门帘也是绣花的。

这些花都是我绣上去的。在我们村，姑娘出嫁之前，要绣好多花，嫁妆里还有一叠绣花枕头。虽然我绣了很多花，可是还不打算出嫁。

爹咕嘟一口咽下稠浓的老茶，摆摆手，拒绝退掉聘礼。他说，我走了这么远的路，可不想退婚。然后，他又吹出一个个烟圈圈，笑着说，丫头，你来数，到底几个烟圈儿？

我不理睬他了。走出屋子，门槛很高，绊了我一下。我腰里束着的围裙开满了花朵，艳艳的，很俗气。门框上挂着个老葫芦，咣当咣当响。我的头发那么长，一直垂到膝盖那儿，黑亮黑亮。

葡萄架下，架子车还是小时候的样子，斜靠着院墙，收音机也正唱着秦腔。我立刻高兴起来，披了爹的衬衫，袖口别了一条红纱巾，一扭一扭，转圈跳起舞来。我假装那条纱巾是水袖，甩得哗啦啦作响。

这时候，我看见爹从挑开的窗户里探出头来，在那里笑。我朝他喊着，我可不嫁人的，要去，你去吧。我就天天气你，看不把你气晕喽……

可是，我在葡萄架下跳舞，越跳越小，似乎只有四五岁的样子。爹的衬衫那样长，像袍子一样。我喊着，爹，你来背我，我们看戏去。可那扇窗户空空的，爹早已不在窗下。

醒来，天还未亮，静夜里有人走过楼梯，脚步啪嗒啪嗒响着。

有一个梦是记在笔记本上的，不知道什么原因：

那是一座极高的山，一条小路白寡寡的，直直生长的样子。我似乎是从遥远的地方赶来的，费力攀爬山路。风很大，刮得头发乱飞。路边有人在打柴，他突然把镰刀扔到草丛里，冷冷盯着我说，等会儿再进村去，这会儿可不行。

我怯怯地坐在路边，太冷了，心里想。那人拾好的木柴就在路边，一大堆。于是，我偷偷点燃了木柴，火焰呼噜噜流窜起来，前俯后仰。远处有鸡鸣，一两声，不甚真切，有些迷瞪的那种，似乎能叫人睡着。

那个打柴的人面色苍黑，他的耳朵上挂满了狗牙花，嫩蓝色的。又在纽扣上别了一枝枝枇杷花，淡紫色的——据说别人的梦都是黑白的，可是，我一直做彩色的梦，色泽分明至极。

他在头发上插了一束狗尾巴草，草穗子直撅撅地竖着，随风摇来摇去。衣领上插满蓼莪草。蓼莪草似乎有点蔫，披针形的叶子耷拉着，节结膨大，开着紫色的小花。那些花朵凑在一起，一穗一穗地聚拢着，在那人的脖颈里招摇。蓼莪草辛辣的味道随风飘过来，那味道，拿来煮羊肉多好。

我忍不住说，你这么头上插草，身上插草，是要把自己卖掉吗？

心里又暗暗思忖，这么干枯衰老，能卖得出去吗？

那人并不狼狈，反而有些得意起来。他转身从树底下撵出来一头黑笨的肥猪，骑在猪上，脚踢着猪肚子，绝尘而去。

我又想，他大概是要卖猪，只是把草插错了而已。或者，他是个很孤寂的人，尽量把自己捯饬得喧嚣热闹些。

天色突然明亮起来。我在一个陌生的屋子里，很简陋，山野里的那种。似乎是厨房，有木柴，有锅灶，地很干净，屋顶的横梁被烟熏得乌黑。门槛上放着一箩筐野菜，拖泥带水的，还没择。风大声响着，灌进来，屋子里显得格外空旷。

有人在门外聊天，声音很遥远。出了屋门，没有院子，更没有庄门，打眼一瞅，就是大野。树很多，但看上去都很孤单，枝干纵横，叶子稀疏，大概是被风刮走了。有一棵倒是枝繁叶茂，遮蔽了树下的牛车，看起来有些朴拙，带着一抹淡淡的古意。

聊天的人看不见，只听见嘈嘈切切的闲言碎语。甚至有石匠锻打的声音，铁锤砸在石头上，咚咚，一声比一声沉闷厚实。还掺杂着打麦场上牛拉碌碡的声音，麦草窸窸窣窣，碌碡坚硬笨拙，两种声音掺和起来，有些粗重柔韧。

这样荒芜的地方，还是早些离开为好。我这么思忖。

山野里空寂得叫人心里恐慌，风又刮得凶猛。我裹紧身上的一条厚披肩，茫然地顺着山道攀爬。那些嘈嘈切切的声音，一定是为了封住这偌大的寂寥吧？

这时候，我看见那个骑着猪的人，已经卸掉了一头一身的草，像昏暗的影子一样，正在不紧不慢地砍柴，咔咔，咔咔……

梦醒时分，正是黎明，天还未亮透。我从踽踽独行里挣脱回来，一头汗水。太空寥，太过于苍凉陌生，也是叫人无法战胜内心的惶恐——即便是个梦。

太孤独了呀。我喃喃自语。白昼红尘滚滚，混入其中，不知道自己是孤独的，还以为繁花似锦。唯有在梦里，才泄露真实的自己，那么孤独，那么无助。大约，每个孤儿的梦里，都摆脱不了这种孤寂。

熬一碗老茶——粗枝大叶的那种黑茶，加在煮沸的牛奶里，慢慢啜饮。梦散发着清凉寂寥的味道，这味道弥漫在空气里。这会儿，公鸡打鸣，牛羊都要出圈了。若是在乡里，我也该收拾起柳条筐子，给灰毛驴割苜蓿草去了。苜蓿地埂上，葫芦秧子已经半人高，正等着搭架哩。

如 草 在 野

1

清晨，还没醒透，我跟着电视台记者去采访。没来得及吃早餐，我在车上喝了两杯酸奶充饥。天空灰蒙蒙的，雨丝欲落未落。

到了草原，明显感到寒意，才发现衣服穿得太单薄了。海拔近三千米的地方，寒气弥散，细雨掺杂着雾气，又潮又冷。采访的那户人家在半山坡，没有院墙，几间房子猴蹲在青草丛里，脚跟不稳的样子。门前一坡青草，半人高，踩出一条路。屋后亦是绿草萋萋，差不多要淹没屋子。

进门，屋子里跟外面一样冷。一个铁皮焊接的烤箱是用来取暖的，牛粪没有烧热，摸上去有一丝细若游丝的温度。我忍不住打了个冷站。主人总是被采访，烦了，对我们的到来并不热心，不过是随便应付罢了。电视台的记者们也是来了无数次，毫无新鲜题材可挖掘，也是应付交差即可。

取镜的时候，我退到走廊里。走廊里更加冷，冷风从门缝里直灌进来。我只穿了一件单衣，披了披肩。早晨太匆忙，来不及带件厚衣裳。有一个女孩推门而入，她的肩头被雨打湿，羽绒服的红颜色深了一重。

她推开走廊尽头一间房子的门，屋子里好像有火炉，有人围炉而坐。但是没有主人的邀请，我可不能厚着脸皮去蹭火烤。

采访过程非常缓慢。不过就那些事情，就那些话，翻来覆去说了无数遍，实在不好找新的话题。于是，编导决定到主人的学生那儿去，挖点新话题。

那户人家在山脚下，浸在浓雾里，门前一群牦牛。绕过木头栅栏，一条肥壮的牧羊犬跳起来狂吠。虽然用铁链子拴着，但大家都害怕，犹豫着，躲闪着，慢吞吞地靠近庄门。雨却突然下大了，雨点扑在身上，衣服都湿透了。

这户人家有个四合院，走廊里养着花草，西屋有人在做饭，锅铲碰撞着铁锅，发出叮叮当当的声音。在东屋采访，这里没有生火炉，还是冷。取镜的时候，我仍旧退到走廊里，不能发出声音，悄没声息地等着。

采访总算结束了，熬了大半天。可是还不能返回。编导说，要取一个夜色里的镜头。主人端来一锅汤面片，话不多，留下碗筷让我们自己舀。他黑长的脸，木木的，努力把不耐烦按住。过了半天又拎来两瓶酒，尽着清淡的礼数。

取了夜色里的镜头，我以为要走了，谁知推杯换盏的半天，几个人却都兴奋起来，不肯走，扑在酒杯上吆五喝六。我和他们都不熟，萍水相逢的采访而已，只好等着。有人敬酒，我可不喝。

回县城有几十里的路程，草原上可没有什么便车。夜深了，更加冷。我忍不住催了几遍，有人不高兴，却终于肯回了。其中一个好像是学区的主任，已经喝高了，大着舌头说，女人很麻烦的，出门最好不带。

嘁，什么话呀。好像我很乐意跟着他们似的。

雨还在下，夜色里的草尖上泛着水珠，打湿鞋子。这家人门前立着好多木头，一个干草垛，黑漆漆的，有点骇人。似乎有羊羔在咩咩叫，声音亦是淡漠清冷。

第二天清晨，我觉得嗓子疼，一定是昨天被雨浇透感冒了。写稿子，交差。下午开始头昏脑胀，发烧，晕，病倒了。

2

在门诊输液。晕得天旋地转。我感到了丝丝缕缕逼近的寒气，根本掌控不了自己的神智，迷迷瞪瞪，晕晕乎乎，像在梦里。我已经整整十年没有输过液了，这次病得不轻。人有时候真的很脆弱，一场感冒就能把自己的生活秩序完全打乱。

输液到第三天的时候，我完全扛不住了，手抖，腿软，目眩。第四天，果断住院。勉强撑着，一个人，捏着一张表格，走在寒风里，眼泪扑簌扑簌往下掉。住院部在六楼，电梯总是等不来，扶着楼梯栏杆，慢慢爬上爬下地办妥了手续。

神经科，病房里有三张床。靠门 15 床，是一个有点年纪的大妈。中间 16 床，是一个短头发的嫂子。我靠窗，17 床。大家都是头晕，头疼。

各种检查后，仍然是输液。主治医生始终没见到，只有一个实习生给我看病。病情天天那样，一点儿也不见好转。实习生一着急，一下子开了 5 瓶液体。输到最后一瓶，我喊来护士拔了针，脸都输肿了，手也肿了。我找到实习生，伸给他看肿成包子的手。

实习生有点脸红，没说话。第二天，液体锐减到一瓶。不过，还是晕，半点效果都没有。

这天，先是 15 床的大妈打电话，打着打着哭成一团。从她断断续续的哭诉里，我大致知道了她的病因，是被儿媳妇撺出来气晕的。过了一会儿，她弟弟，一个黑瘦的老头儿来了。老头儿坐在床前，掏出两百块钱递给老姐姐，要她买点补品吃。大妈推让了半天，收下了。又一会儿，她妹妹拎着一包馒头来了。说了一会儿话，塞给大妈两百块钱走了。

又一会儿，他儿子来了。坐了半天说，妈妈借点钱给我，有急用。大妈沉默不语，半天摸出两百块钱，递给儿子。儿子起身走了，说，我有钱就还给你。大妈躲在被子里，哭得肩头颤抖。

16床的嫂子也哭，不知道为什么。中午的时候，来了一男一女，都是中年人。彼此僵持了一阵子，开始激烈地争吵。

来的那个女人挺厉害，梗着脖子说，你的姑娘是打工的，我的儿子也是打工的，年轻人自由恋爱，有什么拐骗不拐骗的。现在他们人在哪里，我们也不清楚。

16床的嫂子气得浑身颤抖，嘴唇簌簌抖着，反复只说几个字，我的丫头还是个学生，才19岁。将心比心，你们想想。

一会儿，嫂子的妹妹来了。这个妹妹倒是很厉害，一阵厉喝，喝退了一男一女。姊妹俩开始给私奔的女孩打电话。打了一下午，电话终于通了。这是我见过最凄惨的一幕了：16床的嫂子跪在床上，声泪俱下，苦苦乞求女儿回来，她哭得抽搐成一团，额头的青筋暴起来，脸色黑青，几乎要晕厥过去。

电话那头，女孩并不相信自己的妈妈病了，一声不吭。做姨娘的就拍了视频，发给侄女看。隔天，这个女孩回来了。高个子，短头发，憨憨的，脸上挂着眼泪，挺漂亮的女孩。娘俩都没有说话，都在哭。那个男孩在门口晃了几晃，被16床的嫂子一声大喝，骂走了。走廊里，男孩的父母还在徘徊，就是头天来吵架的一男一女，他们准备带走女孩子。病房里静悄悄的，只有两个女人压抑的哭泣声。风吹动外面窗台上的灰尘，天空里好像卷起薄薄的雪花。

我喝完一杯酸奶，护士拔掉我手背上的针。没有人给我送餐，我自己慢慢扶着墙出去吃饭。一瓶液体，输了这么久。

餐馆的收银台上，卧着一只猫。奇怪，餐馆也能养猫。它一纵身跳下来，从我脚下走过去，轻轻的，没有声音。猫相当肥，也相当健康。我羡慕地看着它那柔软的筋骨。

寒风里，我掖紧了棉衣，努力把自己从迷糊状态里掐醒。

古人说，病至，然后知无病之快。多么痛的领悟。

3

转院到省医院。这期间，我在家休息了一个多月。病情时好时坏。主治医生是位素面的女大夫，很和蔼。床位还没腾开，那位病人正在办理出院手续。我坐在走廊里等，空气里是消毒水的味道。

神经科的病人多是老人。腿不能好好走路的，坐着轮椅的，痴呆的，说话口齿不清的。每个人看上去都满身尘土，梦游一般。我这么年轻，掺在一群老人里，像一塘枯荷里混进来一株向日葵，很挺拔硬朗，自己也觉得愧然。

病房里还是三张床。39床，一位大妈，脊髓炎，走路直撅撅的，挪不开步子，必须要人搀扶着。41床，80多岁的老奶奶，眼睛出了问题，看人是重影。但她不属于眼科，归神经科。我是40床。

床头柜上落了一层薄薄的灰尘，我拿湿巾细细擦了一遍。柜子里有之前的病人留下的片子和几个蔫了的水果。水果皱了皮，透着衰弱与无奈的样子。我铺了一张报纸，搁上去我的东西。零食，包包，一盒酸奶。

同屋的人睡在各自的床上，相互问起病情、来自哪里。夜深，都睡了，一盏小灯没有关，白晃晃地亮着。39床的家属舍不得租一张床，就和病人挤在一起睡，两口子都发出沉沉的鼾声，偶尔夹杂一声呻吟。41床的老奶奶侧身睡着，她的女儿睡在自家带来的简易床上，娘俩呼吸的频率都是一样的。

我睡不着，翻来覆去想我这些年的光景。拿汗水换取一日三餐，不畏一切地拼命劳动。粗布衣衫，白菜土豆，小心翼翼维护着单薄的自尊，时不时被人呵斥……眼泪忍不住，水一般淌着。我没有能力怜悯别人，只怜悯我自己。外面似乎起风了，忽而大，忽而小，有什么声音呜呜的，有点害怕。

还是睡不着，默默安慰自己：天薄我福，吾厚吾德以迓之；天劳我形，吾逸吾心以补之；天厄我遇，吾亨吾道以通之。

清晨。护士在门口喊着，40床，叫家属来取检查的单子。

一屋子人都抢着回答：她并没有带家属。护士进来，看看我，笑道，竟然不带家属就住院，真是一条汉子。

可是，就算是一条铁打的汉子，也生病了呀。古人说，人不得道，生老病死四字关，谁能逃过？独美人名将，老病之状，尤为可怜。还好，算不到美人里去，少了几分怜。笨人生病，自然没人怜惜，自己努力治病就是了。

我跟着老奶奶去做检查。她住了几次院，熟门熟路。核磁共振、彩超……一连几天，都要做各种检查。主治医生需要确定病因，她想知道到底是什么原因引起我的眩晕。

午间，阳光甚好。我躺在阳台上晒晒太阳，和老奶奶聊天。护士又在门口喊着：40床！我赶紧招招手，在这儿！护士走过来，看我躺得那么惬意，笑道，你是度假来了还是看病来了，这么舒服的。

可是，我是眩晕症，不能和别的病人一样活动。一动不如一静啊。

周一，所有的检查结果出来了，主治医生告诉我，没有病，都好着。我惊喜得差点儿从床上跳起来。那么，眩晕是怎么回事呢？是因为重感冒，引起脑血管供血不足。然后，医生又加一条：有焦虑症。

病情查清，一日比一日好。一周后，我再也不晕了，看天空清朗朗的，再也不晃动，终于痊愈出院。

离开病房的时候，老奶奶和大妈都睡着了。她们沉沉睡着，也不知道什么时候可以出院。

立在兰州的马路上，阳光是暖的。有人在路边支起火炉，卖烤红薯。一把旧椅子，一杆老旧的秤，安静守着生意。他从火炉里掏出烫手的红薯，掂掂分量，满意地一笑。整个冬天的意境，就在他身后，茫茫的，落下来。

回家，推门，一屋子花草姹紫嫣红——刹那间，觉得家竟是如此美好。给远在新疆的儿子报了平安，泡了一壶茶，躺在沙发上，顿时觉得幸福。还是古人有体会：日月如惊丸，可谓浮生矣，惟静卧是小延年。人事如飞尘，可谓劳攘矣，惟静卧是小自在。

最自在的，莫过于这样了——小病痊愈，喝喝茶，读读书，犹如野草在大野里逍遥。

古渡口，古河州

一重一重的青山，藤花掩映着临着黄河的古镇——大河家。

一路草木多，车开过去，树枝子簌簌披拂过车窗，手掌一般，敦厚得叫人心生喜欢。大河家的房子都高，像树木一样生长着。墙壁上镶嵌着青色的砖雕，雕了牡丹雕芍药，枝枝蔓蔓筋骨柔软，花苞鼓鼓的，怕要倏然间弹开呢。院子里的花儿都开了，一朵半朵从浓密的叶子里窜出来，红得要破哩，喊一声要答应哩。多么好，多么好。一生看花相思老，人在草木间，才是顶禅意的光阴呢。

穿过一个村庄去看黄河。日光正暖，晒着庄户人家门前的牛粪。风吹来，黄尘弥散，空气里是黄河水的味道，枝头花椒麻酥酥的味道，青皮核桃的味道。喜欢极了这样恬静的时光，华丽又清淡。巷道不宽，一边是高阔的古城墙，老绿的苔藓贴在墙皮上，云头纹一样。古城墙头顶上冒出来人家的屋檐，开着一扇窗子，真个儿教人惊讶，恨不能爬上去看个仔细。不过，古城墙也太高了，一缕炊烟像云梯一样悠闲地搭到天空中的云朵里去了。

八月，正是大河家的玉米肥美的季节，一穗一穗，从阔大的叶子里钻出来，缨子像一撮发丝，散发着粮食的清香。

我们在一处高高的山崖上，看到了黄河。左边的黄河右边的崖，对岸是青海。水是深蓝色的，略略有点绿，从遥远的山涧奔流而来，似乎一点儿也不野气。山太高，听不见黄河水的轰鸣，只觉得柔，一种扯筋扯骨的柔韧。恍然叫人以为，是一条水做的带子盘绕着山谷，细长而妖娆，那样的清冽深邃。偶然有宽阔处，便是水绸子绾了个结。远古的时候，人们顺河而来，在两岸繁衍生息。连缀光阴的，是这浩浩荡荡的黄河水。

夜宿大河家，梦里似乎听得见水声，咣，咣，水梢撞击石头的骨骼，两种深沉的声音缠绕回荡。清晨，去看大河家岸边的临津古渡。古渡口的日光饱含着水分，格外醇浓。水花溅起，被朝阳一打，滴滴金子似的，空气里似乎都有仓郎郎的清脆响声。人一走，就把阳光撞得打着旋涡。

水生河草树木，水生万物消长的慈悲。

大河家桥头，有早起的人捉了几条小鱼，盛在盆子里，鱼慢慢地游哇游。桥面宽阔，桥这边是甘肃的大河家，桥那边就是青海的扇子山。初阳打在红砂岩山上，一层一层的光亮，像一朵怒放的硕大的鸡冠花。我急急慌慌的，跑到桥那端去了一趟青海。我在桥上来来回回走，一会儿在甘肃，一会儿在青海，真是激动得不行。桥上走过的人，都披了一层金光，似乎是从汉唐走来。世间种种好，真叫人感激。

立在桥上，就可看见临津古渡口。拦河有一条粗铁索，还在水里晃荡。湍急的水乍然撞击在铁索上，飞溅起碎碎的水花，白亮亮的，连缀起一道白光，玉箍一般，箍在狂野的黄河之上。铁索若隐若现，一抹深青色在水光里翻滚，水光吞噬铁索，复又吐出。这时候，就觉得黄河水有骨头，泼辣硬朗的水骨头，一波一波与时光撞击，与铁索撞击，与石头撞击，咔啦啦响着，一轮一轮周而复始地轮回，从古至今，无穷无尽。

当年临夏人走青海，就是从这个渡口通过。那时候，渡口有木船，有水手，羊皮筏子可能也有。人们从哗啦啦的黄河水上漂过，吼上一嗓子河州"花儿",多么惊险酣畅啊。这一切,古朴而幽凉,对于我这个在腾格里沙漠边缘长大的人,简直新鲜至极。倘若有人身披蓑衣,头戴斗笠,踩着一叶扁舟诗意地跨河而过,肯定会被黄河水一脚踹到下游去。黄河可是咆哮得很哩。临水而立,你就知道黄河气势狂野,有一种磅礴扑面而过,是那种倏然间把人击倒的震撼之美。这世上,唯有黄河不曾闲哪,从古忙到今,一刻不停。

历史上,临夏和青海东部地区,曾并称河湟地区。唐朝时,在河湟谷地设置茶马互市,临津渡口是唐蕃古道上最重要的渡口。盛唐时,有七十万匹战马和驿马,其中大概有半数就是通过河湟地区的茶马互市成交的。青海吐谷浑人养的宝马,过大河家渡口,河水般哗哗流入中原。而大批战马涌入中原大地,为唐朝的强盛提供了军事保障。大河家渡口,离着盛唐只有一个转身的距离。

当时河西走廊的商贸主要依赖骆驼客,西域路途漫漫,黄沙苍凉,骆驼是最好的选择,丝绸、瓷器、香料,往来不绝。而在唐蕃古道上,山高水险,商贸往来是靠马帮。骡马驮着茶叶、布匹,从中原赶来,在河湟谷地的茶马互市中交易。你的茶叶和布匹留下,我的骏马带走。临津渡口大概忙得花儿纷纷,草叶颤枝。唐时绢马的贸易比价是:"马一匹易绢四十匹。"至于茶马比价,一匹好青海骢,大概需要一百斤茶叶。茶叶在吐蕃地区是万万不可缺少的。茶叶不仅仅能解渴祛乏,消除奶酪肉食的油腻,还与当时盛行佛教有关。茶者禅也,禅茶禅茶,借茶参禅。

到了宋太宗时,一匹绢市价一贯,一匹马市价三十贯,三十匹绢换一匹马。后来,西夏截断了河西走廊的商贸,几乎一匹马也不卖给宋朝。在这种背景下,河湟谷地马价大涨,二百五十斤茶才能换一匹中等的马。南宋的战马更加捉襟见肘,马价一涨再涨,要千斤茶才能换一匹马。

河湟地区这条茶马古道，是从西安（古称长安）出发，途经临夏市，过吹麻滩、刘集，一直走到大河家休整一下，从临津渡口渡过黄河，抵达青海的山水村落之间。再远，就到西藏了。

另外一条，是从西安出发，过天水，经临洮，到达临夏康乐，再到广河，渡过广通河，然后过和政，过临夏县，抵达临夏市。然后转至炳灵寺渡黄河，经过永靖县，抵达青海民和。文成公主嫁给松赞干布，也是走这条路，从长安出发，经过秦州、河州，自炳灵寺渡黄河入鄯州境内。

除了茶马贸易这样的大宗买卖，民间琐碎的交易也是频繁的。羊皮换盐，牛毛换银镯，马蹄换岁月。大河家渡口在哗哗的水声里拨亮一盏一盏的灯笼。自古河州出商人，是有这层历史缘由的。

据史料记载，唐宋时期，常年奔波在河湟地区唐蕃古道上的西域商人，慢慢沿途居住，人家沿着茶马古道延伸。聚居的人家多了，形成一个个村落，恪守着远山近水。遇一人而白首，择一地而终老，不用回到遥遥的西域去了。

我总觉得，临夏"花儿"最早也是古河州商道上的商人们唱开的。苍穹下广袤的大地，万物生长，黄河水涌动着生命的血脉。脚下路途漫漫，内心的柔软和自然的大美撞击，便从心底里开出一朵绚烂的"花儿"，张口喊出来。河州牡丹是季节喊开的，而"花儿"则是心喊开的。临夏"花儿"有文字记载是三百多年，其实应该更早。我坚信"花儿"是河州古道的另一种符号，悠远而亲切。

"花儿"里所包含的内容，附着了人生所经历的辛苦，还有对大自然的热爱。在临夏市"河州花儿文化艺术苑"里，河州金嗓子何清祥，一曲《上去高山望平川》，唱得人心里啪啦抖颤，恨不能拿出世上最好的语言赞美。

在康乐县，有人问我，你不是临夏人吧？怎么说一口临夏话？真的呢，我的河西方言的确和河州方言有相似的味道。其实，在远古的岁月里，河州有我们河西的亲戚呢。据武威地方志记载，十六国时期，有一支河西人曾经跋山涉水，迁徙到临夏西南的山水之间，耕地放牧，繁衍生息。

光阴的藤草漫过了历史的石墙，虫儿飞，鸟儿鸣。也许，我们河西的先祖们把他们的口音留在了漫长的时空里，即便是千重光阴之后，我们的方言还有相似的味道和气息。河州，有我们河西的亲戚，见与不见，牵挂都在那里。

古渡口，古渡口，渡过时光我来看你。也许我正在找你，某个清晨，我们却在时空里乍然相遇，一句乡音，心生喜悦。古河州，古河州，我来，你用盛大的阳光迎接我。我回，留一首河西古老的歌谣给你：远方的青山，你在哪里？尽下的是甘露细雨。心中的百灵鸟儿，你在哪里？美妙的声音摇过枝头。今天我和有缘的人们走在了一起，高兴，高兴，高兴……

匈 奴 小 镇

很早之前，匈奴人在这里繁衍生息。山谷狭长，窄而仓促。地名还留着，各种各样古老的叫法都是匈奴语，当地人也不知道到底是什么意思，反正也就那样叫着。

镇子可真够小的，丁字街零落着几个小卖部。供销社也有，还是四十年前的模样——木头柜台，醋缸，落满了尘土的货物。此外，街道边就是些稀稀落落的树木了。

远处有些村落，都不大，鸡鸣犬吠，十来户人家凑在一起的样子。黄草垛潮得发霉了，顶着一头黑苍苍的乱草。荒芜了的院落里，半边房子塌了，木头茬子乱戳着，冒出一院子杂草，鸟雀在草窠里筑巢，咕咕乱叫。

山下有一条河，紧靠着镇子，水大，河里的石头也大。磨盘大的石头都圆溜溜的，没有一点儿棱角，牛群一样卧在河里。过河的人在大石头上跳来跳去，就蹦跶到对岸去了。跳惯了，没有人掉到河水里。

小镇西北边是一片草滩，没有杂草，只有齐刷刷的马莲草长得半人高——这也太奇怪了，马莲草根本不可能长这么高。草滩那一边，是一个山丫豁，通向遥远的祁连山。匈奴人最后的迁徙和北魏拓跋氏有关。北魏和匈奴一场厮杀过后，匈奴大败。也许，马莲草滩是古战场，匈奴人在这里拼死一战过。草滩的名字是匈奴语，如果可以破译，也许会抖出一些匈奴秘辛。

匈奴小镇只有一趟大巴车出山，晨出暮归。路正在修，挖得一塌糊涂。离镇子不远有一处悬崖，巨大的青灰色石头悬空吊着，叫雀儿崖——那个石头像一只正要起飞的雀儿。石崖缝隙里冒着白烟，白烟也不是真正的烟，而是尘土，簌啦簌啦往下掉，随时要滚下来的样子。车子轻轻驶过去，人手心里都是汗。据说以前那石缝里都是雀儿的窝，没有这样松动。只是这两年修路动了山基，才这样摇摇欲坠的。

大巴车在乱七八糟的路上摇晃，摇到镇子上，停到供销社门前。下车的人不多，大都拖着包。镇子上有时连蔬菜都买不到，须得从山外带回一些。

有个老奶奶慢慢走过来，衣服脏得直接看不成，尤其是裤子，裤脚那里明晃晃的，污渍层层擦擦，走路时垮啦垮啦响着，也不知道几个月没有洗了。供销社门前坐着几位老人，闲闲聊天，看见我们，问打哪里来。然后问起一些事情，那种感觉特别遥远，好像是桃花源里的人打听山外的世界那样。

一个说，那一年我进了一趟城，吃了半斤卤肉，天哪，那人坏得很，卖给我的卤肉是坏的，拉肚子，害得我回来花了两百三十五块才看好病。他伸出两根黑瘦的、老鸹爪子一样的手指，比画他花出去的钱，非常心疼。

另一个说，我想去看一趟六月六的赛马会，我知道，第一名和第十三名，马一样的价钱，都十几万。不过我一个人也不行啊，坐车到草原上，看罢回来还要在县城住旅馆，来回怎么也得三天——城里旅馆多少钱一晚？有两个人合住倒是划算。

有一个说，活人嘛，要掂量好，定定儿守着家，白白花那个钱干啥？你去看赛马会，有什么用处？

两人争执起来。那个说，我就是要去看看那么多的人，他们是怎活的，说些啥，有些啥想法，见个世面。这个说，悄悄坐着罢，好出门不如歹在家，哪儿少得了你？别人怎么活是别人的，你锅里几碗米自己还不清楚哇？

他们的方言有点古怪——吐字不清，相当模糊且硬实。发音拐来拐去，像外国人模仿着说汉语，只能发个大概的音调。至于长相，脸颊狭长，小眼睛，黑瘦。老人们都不是长胡子，下巴上的胡碴乱糟糟的。穿戴邋遢、潦草，又破旧，让人怀疑我们生活的不是同一个时空，这个匈奴小镇好像是在世界深处的样子。好奇怪。

我们在镇子上闲逛了一会儿，买了方便面和水，心里有点慌——太阳下山了，这里既没有住宿的地方，也没有小饭馆。而且出不了山，必须等到明天早上才能搭这趟大巴。

实际上，我们是被请来的，不然，谁疯了魔了跑到这与世隔绝的地方来呢？不过，我们抵达小镇的时候，发现有点不对劲。因为那个邀请我们来匈奴小镇的瘦男人并没有出现。他在电话里短促地说，在县城里，有极其重要的事情，走不开，晚上才能赶回来。

可是瘦子并没有说我们到哪儿吃饭和住宿，也没有指定一个联系人。更加糟糕的是，同行的几个诗人已经迫不及待往山上天池去了。他们说，采风嘛，就要有冒险精神，说不定还能遇见一个漏出时空的匈奴人。他们盘算着夜里点燃篝火，坐在草地上看星星，朗诵匈奴人的"失我焉支山，使我嫁妇无颜色"。

那是匈奴人悲戚之叹。可是，诗人都有点疯子气质，说走就走了。跟他们挥手道别时，像站在汉朝的时光里，心里有一种难以言说的不安。走在最后的一个小伙子挥着手，高声唱着，送别我，送别我，朋友哇，别看云朵了。

凡人最好不要去打搅。没有路，满山都是牛大的石头——那是山神的劝阻。再说了，你们就这样空手去山神的殿堂？连白酒和哈达都没有带上？

呃，是有人请我们来的，谁知他不在。我急着辩解，并不知道去天池还要带白酒和哈达。

后来才知道，牧人们每年夏天把牛羊赶到天池时，要举行盛大的仪式，表示对山神的敬畏。

那几个聊天的老人转过脸来，奇怪地看着我们。有一个吸烟的老人不紧不慢地说，是瘦子请你们来的？他的话怎么可以相信？给你们绕巫子哩。

绕巫子我们懂，就是忽悠、欺骗、戏弄之类的意思。

又一个说，去天池嘛，至少得八九个小时，夜里只能住山上——如果下一场冰雹，他们就留在山神殿了。去年六月里就冻死了几头牦牛，刚剪了毛，谁知道下了一场冰雹。天池的海拔在四千多米，缺氧得很，冰雹比茶碗大。再说这几年狼也多，熊都有哩……

我赶紧给诗人们打电话，可惜他们一进山就没了信号。完了。那一刻，我觉得非常害怕，腿肚子瑟瑟发抖。

古人说，兵马未动粮草先行。他们空着肚子进山，都穿着短袖。我的诗人朋友们，就这样傻乎乎地去喂狼。肯定是疯了。

后来他们说，一路全是巨大的石头，人在石头缝隙里攀爬，走到半途天就黑了，又冷又饿。找到一个牧人弃掉的窝棚——几根木头上苫着塑料，塑料都成了破索索，雨落下来比外面还要大。幸好有炉子，有柴，有个破油漆桶，才烧了热水喝。也幸好只是小雨，冰雹没有下，狼也没有出现，才捡回来几条命——几个人一夜未眠，拼命烧柴取暖。

牧场里的朋友说，天池冻死人都在夏天，因为别的季节根本抵达不了，也是阿米万智山神大慈大悲，不收拾几个写诗的。不然，人家放出一丝丝风喽啰，就会让他们因缺氧而舒舒服服睡过去。她说，你当天池的水是怎么来的？是每一滴感恩的眼泪汇聚成的。

山神大概是怜悯这几个单纯又一腔热情的诗人。诗人的生活里没有套路，不懂得江湖规则。他们从来不谈钱，老实地给人家卖力气写诗。他们以为，这是诗人的职责。

有人的地方就有江湖。尤其是瘦子这种人出没的地方，江湖就格外凶险——说实话到现在我都不明白，瘦子为什么要忽悠一群文人。也许，仅仅因为他实在无聊。

可是，江湖很大，现实很小——太阳落了，我们无处可去，心愈加慌起来。

正商量着要去村子里借宿，那个衣裳极脏的老人走过来，指指身后的那栋楼说，找去，毕竟是瘦子红口白牙请你们来的。村子里可不能住，年轻人都外出打工了，只剩下些老汉子。你们三个女娃娃。

我们惊出一身汗，感念这个老人的好。

我们在那栋楼里，尽管得到了一间灰尘半尺厚的房间，但连床垫也没有，坐了一夜，好在总归是安全的，还可以喝到热水。半夜，有一种极其诡异的声音在楼道里响，呱嗒，呱嗒。侧耳细听，又消失了。过一会儿，又在响，好像在楼道里，又似乎在窗子外。毕竟，这间房子很久没有人住了，厚厚的灰尘蒙了一屋子。

第二天清晨，喝了半杯热水，我们赶紧搭乘大巴狼狈逃离。诗人们进山了，我们反复说，需要有人去救援，他们没有带食物，只穿着短袖。大院里有人一脸淡漠地说，知道，已经有人上山去看了，自不量力，好麻烦。

路过雀儿崖，那块巨石似乎快要掉下来，白烟扑腾扑腾冒着，吓得我们的心都攥住了——跑到匈奴人住过的地方，是专门揪心来了，可怜。再往前走，路被挖掉了半边，剩下的半边摇摇欲坠。司机说，你们都下车，走过这一段。

回头，看着那辆摇摇晃晃的空大巴从半边路上过，路基上的土簌簌往下掉，几乎快要歪下去。有人跑过去一块一块垫石头，大巴稳住慢慢开了过去。

三个女人齐声哀叹，我们不好好在家读书看花，疯了魔了？跑到这鬼地方。委屈得几乎要落泪了。

中间换乘，直到下午三点多才回到家里。悬着的心总算落到了肚子里。推门的那一刻，突然感动得不行——整个世界都是别人的，繁华也罢，冷漠也罢，阴谋阳谋也罢。只有家才是自己的，才是最安全的窝儿。

傍晚，诗人们打来电话——第一句是，我们差点儿冻死在山里，下山迷了路，有人差点儿摔断胳膊。第二句说，现在正在回家的车上。

那么，瘦子呢？

他派人找到了我们，管了一顿饭，送我们出山。

你们的心情如何？

活着就好。

过了几天，瘦子的人打来电话，大大咧咧直呼名字说，你的稿子写的怎么样了？最好快点，我们急等着用呢，重点写天池，加进去一些匈奴人的故事。

有一种东西梗在心里，说不出，堵得慌。就想骂人，骂极粗野的脏话。

算了，我见过各种各样的无耻之人。只不过又多了一撮而已，没什么。不，也不是多了一撮，他们原本就归属在那一类里，只不过以前没有遇见。人生有各种各样的遇见，有些遇见不如不见。

这就是生活，你剔除不掉许多丑陋的东西，因为它们长在别人的身上。我们一直在琢磨怎么样修炼自己。别人在琢磨什么，不得而知。

我后来整理匈奴小镇的照片，发现有一座石头山，稍微侧一点儿的地方，隐隐约约有人像显示出来——将军披着大氅、盔甲，两手搭在腹部，目光看着远方。也许是山神，也许是匈奴人的首领，我这样乱想着。深山空谷，一定有某种东西存在。

另一座山峰完全像一峰骆驼，前蹄跪着，双峰耸立起来，等着主人骑上去的样子。骆驼的头朝着西北方向——那是匈奴人消失的地方。

骆驼峰的前面便是那片马莲草滩。匈奴人在这里厮杀过后，骑着骆驼走了。他们走到时空深处去了，只把一些念想留下来，只把一些地名留下来——给天地留下一个谜，抬脚走了。

对了，那个和我们聊天的老人告诉我，顺着匈奴小镇往深山走，有两座青石山把门。进了石门，有特别好的风景，仙境一般，开的野花也是凡尘没有的，人进去像做梦。不过很难有人进去，有的牧人一辈子也只能进去一回。石门内，大石头上有马蹄印，也有女人的脸，深眼窝，布巾包着头发——据说是匈奴人的模样。石洞里终日冒着白烟，青色的石羊躲在野枇杷丛里。他说，你们根本去不了，找不到路，只能摸着牛大的石头走，动不动就迷路，因为那地方是山神守着的。

他讲到一半，突然停下，像在骂谁：白吃羊也不是一回两回，锤子……

垴 坎 村

翻过一山又一山，一道一道的垴坎。七月的天气，满山都没有什么绿色，灰黄，枯焦，像在火星上一样。很远处，远得几乎看不清的山垴里，斑斑驳驳似乎有点绿意。但也不是庄稼，稀疏的一些野草罢了。一层一层叠上去的梯田里，裸露着土黄的地皮，干崩崩的，一穗麦子都没有，一棵草也没有，白寡寡的，狗舔过一样干净。

一路走，一路都是黄褐的颜色，在大太阳底下咕咚咕咚熬着，似乎大地被剥去了衣衫，多么难看、窘迫。山势逶迤绵延，干枯涩重也跟着逶迤绵延。奇怪的是，这样枯寂荒蛮的山野里，竟然有羊群在移动，从一个山头移到另一个山头。它们到底吃什么呢？不见牧羊人，沿途也不见路人。我祈望可以看见一棵树，哪怕枯瘦的也行。可是，没有。越走，心里越凄惶。无穷无尽的秃山秃岭，沟壑夹缝里隐约藏着零落的村庄。在没有生命气息的地方，祖祖辈辈的人们是怎么活过来的？

车从一个山头盘绕而下，绕到山脚下、沟底里。羊肠子路在巨大的沟壑间泛着白亮的颜色，比起两边的绝壁来，这点儿路显得细微、刚硬。从车上跳下，仰头看土黄的悬崖，那么那么高，叫人眩晕，叫人深陷在偌大的恐慌里，恨不能生了翅膀逃走。

车在山体的裂缝里颠簸，在极窄的一个山沟沟里，终于看见了一眼泉水，紧贴着石头垴坎，一珠眼泪似的钉在那里，没有惊喜，只有茫然和荒寒。有老人半跪在泉水边，用白铁皮盆子舀水。身边的绿色铁皮水桶，尚未舀满。老人头顶，是逼仄的千丈山崖，悬悬的，杵在远古洪荒之地。等着驮水的毛驴大概先饮饱了水，大眼睛忽闪着，静静站在老人身边。许久，老人的水桶才舀满，直起身。盛夏季节，他还穿着厚厚的对襟衣裳，腰里缠裹了一道布带子，叫人恍然觉得和旧时光相遇了，溯到很久以前的时空里，迷茫怅然。

从沟底出来，车子爬上对面的大山。遥遥地看见一个村庄，不很大，十来户人家的样子。令人惊喜的是看见了山白杨，长得还不错。崎岖陡峭的山路看着近，走起来远，真不知道那位老人什么时候才能把水驮回家。司机额头的汗珠子一拨擦掉，一拨又冒出来。不是热的，是紧张的。他说，我的心在手里攥着哩。提心吊胆，大概就是他现在的样子。左边是山，右边是齐茬茬的山洼。滚一块石头下去，连个遮挡都没有，咕噜噜直奔沟底。

村子斜斜地沿着山坡建上去，车子直接开不上去，只能停在半道上。村口有一棵腰粗的山白杨，真不知道它是怎么长这么粗壮的。左边是打麦场，平坦坦的，杵着比人高的几个旧草垛。右边是一户人家，庄门口拴着牛，慢吞吞地嚼着几根老硬的青草，啃骨头一样。推开木头庄门，院子里干干净净，一个老人在屋檐下拧芨芨草，编筐子。

四合小院。东边的三间正屋，是出廊立柱的老式建筑，飞檐廊阁，斗拱，都很讲究。青砖砌的墙，到半人高的地方，装了木板，一直装到屋檐。窗子是老式的木雕窗，细密的格子织出繁复的图案，糊了白纸。主人不是汉族，所以不贴窗花，亦不贴对联。屋门阔大，门扇两侧亦装了厚厚的木板，廊下有三根花盆粗的木头柱子。出廊的椽子啦，柱子啦，屋檐下的斗拱啦，面墙的木板啦，所有的木头都漆了草绿色的油漆，看上去古朴至极。房子很有些年头了，草绿的漆斑斑驳驳，呈现一种古旧却暗暗奢华的味道。台阶也是青砖铺的，平整，裹着一层光阴的包浆。柱子下端的油漆都脱落了，闪着黑亮的光泽。也许小孩子们常常抱着柱子戏耍吧。这样老的房子，却没有烟熏火燎的气息，清洁宁静。大概是主人待客的书房。

西边亦是三间出廊瓦房。不过是红砖，可能是后来盖的。红砖砌到半人高，直接镶嵌了木格子窗子。窗子的图案愈加繁复，一格套着一格，缜密流畅。木格子窗子一直顶到屋檐下。然后是精致的雕花斗拱、出廊的椽子。还是绿油漆，颜色更加浓厚一些。

南边是四间屋，虽然也是出廊的，但简陋多了。土坯墙，一直到顶。窗子也是木格子，但简单一些，单薄一些。没有糊纸，钉了一层塑料。出廊的椽子也短，窗台也窄，搁着一只推刨。窗框上仍然刷了草绿的油漆，尘土扫得干干净净。

厨房在哪儿呢？庄门旁边有两间土屋，门窗熏得黑黝黝的，碎花门帘刚挑起来，一束光柱就倏然跳进去。泥土的灶台。灶台旁边是风匣，门槛旁边是石碓窝。古旧黑漆的柜子上，摆着取粮食的升子、装馍馍的柳条栲栳。墙角是腌菜的坛子，墙上钉着木头橛子，挂了笸儿簸箕。筛子太旧了，在柜角斜斜立着，贴着一层半干的香豆叶。鸡毛掸子也有，驮桶也有。总之，我记忆里的旧物件都有呢。真叫人感慨。

您家的水，也是沟底下驮来的？我问主人。老人起身，掸掉身上的尘土和草屑，把脚下的草茎捋顺，慢腾腾地说，是呀，不过今年天格外旱，那窝泉水，眼珠大，动不动就枯了，指望不上。大儿子每月回来一趟，开三马子到石板镇拉水。水都存在水窖里，不敢胡用。淘菜洗碗的水，都澄到瓦罐里，等澄清了饮牛。虽说无牛羊不成家，但牛费水，羊也费水，不敢多养。

老人的牙齿只剩下两颗门牙了，又黄又褐，大概水质咸硬。这样的水，人吃了容易腹胀。不过，一方水土养一方人，村子里的人吃惯了，也不会胀到哪里去。

今年怕是绝收了吧？我们一路过来，地里没看见庄稼。我又问。老人淡淡地说，十年九旱，都这样。今年只在五月里下过一场透雨，再连个雨星子都没落。不过，阴洼地里的山芋苗还活着，如果秋天雨水稠些，山芋是有收成的。娃娃们年年都出门打工，也不指望庄稼。

老人抬头看看太阳，没那么热了，他牵了牛，要往山芋地里驮粪。山芋苗得起垄，粪土驮到地里，施肥，一垄一垄铲好，等着秋天天爷下雨。

七十多岁的老人，不敢歇着，天天都有活儿要干。他的脸上始终安详从容，没有荒凉和枯焦。一辈子，习惯了这旱、这苦。祖祖辈辈，都是这么苦过来的。他从斜坡的村子赶牛下到沟底，再爬到对面的山坡上，给稀疏的山芋苗壅粪。远处那条羊肠子小道，拐来拐去，拐成一痕细线，藏进大山龟裂的褶皱里去了。

村子里空落落的，连多余的狗都没有。不过，家家的房子都很讲究，没有太破旧的。一户人家庄门挂着锁，门口的八瓣梅却开得极漂亮，一朵一朵抢着开，看不出缺水的味道。

一辈子，就这样跟干旱耗着，跟命运较劲儿着，似乎是件悲苦残败的事，几乎叫人无奈而绝望。可是，看看那些精致古旧的房屋，决然不是这样的颓废的心思。就算地里不长庄稼，粪土还是一垛一垛驮过去。就算没水洗衣裳，尘土还是要掸干净。这浑厚的黄土尘埃，就叫故土。守着，过着，在大山的夹缝里生存。也不仅仅是生存，一方水土，养着一方隐秘的生命之音。祖祖辈辈的人们，便是听从这生命之音，耕田驮水，平地里吼一声小调。

民俗馆，遇见旧时光

皮　囊

灰黑色，锈满了尘土，长得像胃，鼓鼓的，也不是很大，似乎是用一只羊腿上的皮做的。衔接处用针线折褶缝好，不甚平整，略微粗糙。但针脚是细密的，一种人字形的针纹，手术大夫也用这种针法缝合皮肤。口圈小，约莫拳头大，拴着一截古旧的皮绳。若是忽略掉颜色的话，就像一枝枯藤上连着一只老枯皱巴的葫芦。

也有很大的皮囊，一只羊整张皮囫囵剥下来，四蹄部位留有口，绑起来就好了。我见到那样的大皮囊，不是盛水盛酒，是羊皮筏子上的，颜色黄亮，比这只皮囊豁亮好看。想起来也不忍心，羊老了，褪下皮囊给我们用。我们怎么这样贪婪。

这只皮囊实在是简陋，连内胆也没有。光阴太久，它自己活得丢盔弃甲，神髓全无，真正只剩下皮囊了。大概是谁家里挂在墙上的旧物件，被灰尘吞噬成这个憔悴样子。

羊皮剥下来，撒了石灰，热热地用木槌敲捶生皮，使皮变得柔软坚韧，从而变成缝制皮囊的材料。还有一种办法，把羊皮泡在硝水里，慢慢腐熟，捞出来后，撒上草木灰，反复鞣。然后铺平了，刮，碾，慢慢把一张皮子鞣至柔软，粗布一样，抖一抖簌簌响。

我爷爷有个烟灰色的羊皮烟袋，揉好的细羊皮，用极细的皮条子缝好。巴掌大的一块羊皮剪成细细的穗子，缝在烟袋底子上，索索吊吊，有股子柔韧的好看劲儿。袋口系了一根细皮条辫子，缀着两颗玛瑙珠子，水红水红的。我们的日子过得粗疏而多流徙，旧东西都失散了。倘若爷爷的那只烟袋还在，也该是一件精美的独一无二的老物件了。

缝好的皮囊是生活里不可缺少的器具。打水提在手里，出门挂在马上，用完了挂在窗子底下。风在屋檐下溜来溜去，皮囊轻轻吹着口哨，咻咻，咻咻……

这只灰黑的皮囊太老了，老得一脸皱巴，似乎拍一巴掌就会碎成齑粉。它的颈部短粗，被日子磨得黯然无光。口圈也旧得只剩一痕，连耳环都逃离了囊身，不知道哪里去了。只有那一截皮绳做的索带还在，草草挽在口圈上，粗疏潦草。

可是呢，唯有这古旧，唯有这沧桑，才一点一点渗出过去的时光来。倘若日子里都是新东西，旧物件都寻不见了，那是多么苍白仓促的光阴哪。

乡村的日子是这样，乱花漫上窗台，猫儿卧在毡靴，狗衔着骨头，老人低头收拾背篓。院落里暖和的日光铺了一地。慢一些，静一些，惜物一些。一辈子，只用一只皮囊，只用一口铁锅，只想念一个人，就好了。人和自然，索取的少一些，便可化干戈为玉帛。

皮　绳

皮绳也衰老不堪，筋骨都散架了，一指头就可戳穿。三股合拧的绳子，原本是紧紧缠绕成一根的。现在不行，人老力气散，绳老骨架散。

这一散，就松懈成三股，松松垮垮的，凌乱瘫软。有几处都磨得皮皮索索，快要断了。古话说，绳打细处断，冰在薄处裂。万事万物，都有自己最薄弱的不可碰触的内心。

其实人一辈子，无非是小心翼翼呵护着内心最薄弱的地方，不敢触及。灯下黑，大概也是自身的示弱。

这一盘老皮绳，老得不能捆柴火了，也不能驾辕拉偏绳了，连绑个黄草恐怕都要断哩。真正是老得不能动弹了，它就把自己盘在这儿，像一捆问号，提醒你身体里的薄弱。

做皮绳，一定是鞣制好的牛皮才行。单股牛皮条不能成绳，叫皮条子。拿来系靴子啦，系在皮囊上啦，系在刀鞘上啦什么的。小有小的用处。再宽些长些的，也就是拴个背篓的背带，背东西的绳子。双股的牛皮拧绳，叫细皮绳，拿来捆一下黄草青草，拴牛拴羊。三股和五股的合绳，才叫皮绳，也叫大绳。

一盘大绳，耗费的牛皮那可多了。没有三张五张恐怕是不够的。新合出来的皮绳，要用牛油渗透，拿到火边烤，然后不断盘绕揉搓，拿粗布捋，反复如此，皮绳才算接好了。接好的皮绳牢牢束缚住日子里的各种散乱。割了麦捆，一个一个摞在牛车上，摞成麦草垛。一盘好皮绳，呼呼从空中飞旋，把一车麦捆紧紧捆绑结实了，走再坑坑洼洼的路都不散架。搬迁时，多么笨重的家具，被皮绳一捆，牢得很……

冬月天闲了，皮绳上涂了牛油，挂在杂屋能晒到阳光的墙上。这盘皮绳，就一口一口啜饮着阳光，捆上一捆满世界流浪的寒风，渐渐蛰伏入梦。

我总是固执地认为，一蓬好皮绳，柔而烈，定然暗藏着外柔内刚的好功夫。

木头独轮车

这种车乍然看上去，挺朴实笨拙的。细细看，没有一根铁钉，都是木头，点、线、面铆起来，技艺真高。

前面和两旁拦着木板，当作车厢，也不高，顶多一尺。后面敞开着，物件都从后面放上车。至于乘坐人，大概是不会的，过于简陋。倘若有人硬是要坐上去呢，车前部的横木板可以用作扶手，古时叫作轼。我们叫的随意——栏板子。

车辕短，微微弯曲，楸桩子也没有，不是牛拉车，是人力车。也就是家里随便拉个东西，往地里运送个种子、工具什么的。日子里的散乱，都被车子运走。车辕下紧靠着栏板子的地方，竖着铆了两根细木头，不甚长。拉车的时候，细木头也没事可干。车随时停下，车辕往下压，细木头支撑着车厢绝不会翻掉。独轮车嘛，稳定性总是差一些。

插销反铆结构的独轮轱辘，是用完整的一块木头制成的，落了厚厚一层尘土，看不清原来的颜色。车轱辘中心有圆孔，木轴从中穿过。应该少了一块木头，叫轫，是车子走下坡路的时候阻止车轮飞速转动的一块木头，相当于刹车。

旧时光里的木匠真是有大智慧。力学、机械学、木工，样样都通晓。我围着木头轱辘的车转了几圈，车子粗笨是粗笨些，但结构精巧得叫人无懈可击。榫卯结构的物件，自有一种天衣无缝的气场，坚韧、饱满、筋骨相连，看着可真是痛快。

旧物件留着，就是为了与远去的日子相逢。那一团斑驳生锈的旧时光，只是叫人怀念，不会向往，亦不愿意溯了时空回到那个年代。人生就是一场相遇，现在的，未来的，都容易相遇。只有过去的，是最难遇到的。

木头驮桶

一只灰白，一只苍黑，实心实意过日子的样子。从盖子的颜色上看，应该是原配的一对儿，只是木质不一样，不是同一种木头做成的。苍黑的那只，木质差一些，纹理虚疏，被日子和水蚀得快要散架了。水渍的痕迹一坨一坨渗进木纹里，呈现一种枯瘦的衰老之象。似乎吹过去一阵风，铁箍撒开，驮桶就会像花瓣一样裂开来。

灰白的这只，木质明显要好些，细密的木纹尚且可辨，没有水渍，没有尘污，看上去还是干练紧凑的样子。无论质地如何，两只驮桶还是老了，安静地立在屋角，紧紧靠着，像两只鸟儿，收拢着翅膀彼此取暖。一辈子驮水，骨子里落下了寒凉的病根子。

驮桶上的盖子边缘，都掏开一个拳头大的洞，不知道做什么用。我老家的驮桶都没有盖子。小时候天还未亮，驮水的人和牛就从庄门前走过去。一路走，一路从驮桶口洒着水花，牛背上湿湿的。到了冬天，那条取水的路上薄薄结了一层冰，都是桶里洒泼出去的水花。我老家有大河，水多，随便洒扬些也没关系。大概缺水的地方，就要盖严实盖子，万万不可一路洒泼。

老了的驮桶，也依然笨拙沉重，女人是抬不动的。驮水这件事，必须要男子才行。自然，家里养着的毛驴啊，黄牛啊，都得天天驮水。旧时光的日子，也实在辛苦，除了怀念，是没有人想去尝试一下那时的生活的。

一头慢吞吞的老牛驮着沉重的木桶，吱呀，吱呀，吵醒了树上的喜鹊。水滴溅落，亮晶晶的，清晨的时光就落在牛背上，落在路边青草上。路边花开，可缓缓归矣。

有时候非常累，凡事也不那么诗意，就免不了想起幼时的岁月来。垒石烧土豆，狗在庄门口撒欢，驮水的牛一颠一簸吱呀而来，吱呀而去。赶牛的人，手里拎着一截树枝，脚走在黄土路上，哼着一两声秦腔，走腔跑调的。

若说乡村光阴是草木馥郁的味道，那么这对驮桶，便能让人闻到清水飞扬的味道。红尘最难抵御的，不是相思，而是乡愁，尤其是有了点年岁之后。驮桶不过是药引子，叫人把故乡想得死去活来，眼泪汪汪。

抛石绳

抛石绳是用黑白两种羊毛编织的。绳索的花纹是对折纹，很讲究。末梢还挽着红缨穗子，大概是一个牧羊人的心爱之物。绳索编结得精密细致，亦牢固。花纹一波一波传递上去，很耐看。石兜的图案编成了菱形，黑色、白色穿插交错，黑白分明，犹如昼夜。一端是红缨子，一端是个扣儿。

抛石绳做什么用呢？驱赶牛羊。更早的时候，也拿来打狼。牧羊人的衣兜里，揣着比鸡蛋小一些的石子。羊群乱跑的时候，取出石子，包在石兜里，对折好绳索，一端扣在手指上，然后猛烈地甩。一圈，两圈，呜呜，呜呜，呜呜，至少甩五六圈，趁着劲儿猛然松开挽着红缨子的那端，石子就飞向远处。

石子有时候打在山坡上，有时候打在羊群前面的石头树木上。不能打在羊身上，太疼了。这么一惊动，羊群顿然明白主人的心思，就不胡乱跑了，按照主人指示的方向找草吃。至于狼，就一定要打在狼身上。狼冷不丁挨这么一石头，转身拔爪而逃。好汉不吃眼前亏，狼很聪明。

一生忙碌折腾。老了，就安静下来，把心交给锈迹斑斑的岁月。那些被遮蔽的往事，不慌不忙随着尘埃落下去。貌似寂然不动的旧物件，却含藏万事。但凡人间事，荒凉的、暖和的，各种因缘际会，哪一样短得了它们呢。

寂 静 时 光

听雪时节又一年

山家除夕无他事，插枝梅花便过年。

这是看到的一轴画里的诗句。

远山雾气蒙蒙，快要下雪了。山高，水寒，枯木萧萧，是隐士居住的地方呢。没有山，雅士就没有办法归隐。山浅了也不行，低了也不好。

山要深，要瘦峭，要人迹罕至，远离红尘。只有鹰来做伴才好，把其他俗物收拾得远远的。一间茅庐，泥巴墙，茅草从屋顶垂下来，半掩在雕花的木窗上。

房门大开着，要赏雪呢。隐士坐在门槛里边，矮矮的木墩，低低的卷耳几案。赤黄的衣裳，白袍子，玄色头巾，长髯，面色是欢喜的。袖手，肥大的衣袖，裹着一团温暖。脚边是三足青铜的火盆，是錾花的呢。炭火正旺，火苗像莲花一样盛开着，红红的。

门前，几丛衰草顶着残雪。墙角边，探出一枝酽酽的梅花来，那花儿，刚刚开，在空谷中清冽飘逸地美。像雅士，有一点儿恬淡的气场，孤、傲、淡定，却暗暗地有一股子欢喜劲儿。

脱尘出俗，君子要的就是这份孤芳自赏的雅致呢。

卷耳低案上，闲置着一只淡青的花瓶。花瓶里，一定盛满了清水。门口几步远的地方，一个童子鞠身走来，脸上亦是欢喜的。青衣，白裤，厚底浅口的鞋子，腰里束了布带。没有戴帽子，头上裹了一道布巾遮挡寒气。那时候的打扮，也真是好看，干净利落。

童子手里捧了一枝梅花，刚刚折的，还是花蕾。门槛里的雅士看着那清幽的花枝，满含微笑。花瓶准备好了，供养起来吧。山家除夕无他事，插枝梅花便过年。

深山，空谷，一场即将到来的大雪。看一眼，都是清凉之气。远离尘世的浊，要的就是这一份世间的美丽与干净。

再远一些的地方是两棵古树，那么古老，干枯的枝丫纵横，伸向天空。隐者问道，也是这样枯瘦的意境吧？树下是一尊怪石，青灰，枯瘦，缠裹着除夕的寒气和山中岁月。

树问道，石参禅，这才是隐。

光阴素洁，对于隐士，山中无甲子，寒尽不知年。

可是，童儿天天问：何日才过年？那么好吧，插了这枝梅花，便过年了。

看泉听风图

山高，云深。雾气弥漫。

那山，都是黛青的石头山，瘦得有了一种风骨和气势，让人疑心，它一直是噌噌地向上生长，一直要长到九霄还不罢休呢。

这样劲健的石头山，更加拒绝世俗的浊，直接清高到仙界里去了。也是，没有这样的山，隐士可怎么办呢？最清美的山，都是留给品行高洁的雅士的。这个其实是不用担心的。

　　山苍茫，雾弥漫，石峰上一定还有古树相陪。想想也真是奇怪，那么锐利的石头里，是如何吐出一棵又一棵苍绿的古树来的呢？它的根，是如何与石头弥合相融的？

　　可见，天地间的事情，凡人是参不透的。空谷里突然多了几声鹤唳，只听见声音，不见鹤影。它看到了什么？不然凭空地怎么会鸣？凡人的眼睛，什么也看不见，只看见阳光落满山谷，幽深，清寂。

　　深山的阳光，一重一重落下来，黛青的石头都有了禅意。石峰投下的阴影，黑黢黢的，明暗清晰。阳光落在遒劲的古树上，树叶里掺进了光亮，绚烂凝练的美呀。树下浓厚的荫凉里，歇着三五只蚂蚁，打着长长的哈欠。

　　阳光深山落，清泉山涧流。这就是禅。

　　清泉从岩石洞顶上流下来，叮咚叮咚，银子一样清越的声音敲击在青石头上，犹如天籁之音。这样清美的时光里，适合填一阕婉约的词，适合抚琴——弹古筝都显得俗了，是的，只适合弹琴。

　　或者，什么都不用做，对坐，静下来，看泉听风。多么辽远空灵的意境啊。风从深山吹过，像埙，清远渺茫。风吹在奇峭的怪石上，擦啦啦地响，是一山碎金子碎银子撞击的声音。风吹在古树上，哗啦啦，哗啦啦，是指尖翻动竹简的声音，是竹简上的墨字碰撞的声音。吹在隐士的长髯上，是一种风韵，隔着时空可以读懂的禅。

　　山势突兀，隐士沉郁，清泉空灵。扑面而来的，是清旷，是奢侈的安逸，让人怦然心动，恨不能即刻收拾了行囊，去寻找这样一个世外的清寂之处。多么好，多么静，多么可心可意。

　　画上的题诗：俯看流泉仰听风，泉声风韵合笙镛，如何不把瑶琴写，为是无人姓是钟。

　　读了，心里一空，空得孤寂枯萎。还有一点点不甘，此生，如何才能沿着那条青石小径抵达如此境界？我在红尘，而隐士，远在世外。穷

153

尽一生追逐，也未必能抵达。因为境太清，界太高。

多数的时候，还是独自在红尘里挣扎，为五斗米折腰，为尘世的疼泪流满面。在市井行走的时候，吐故纳新，心里缓缓展开这轴画，重温一世清凉之气。

随　缘

只这两个字，便挟持了红尘的一切钝疼。顺其自然，才好。

画面大片空白。

墨色洇出浅浅一抹岸，一痕斜斜小径，江中一亭、一舟。舟上老和尚坐在芦草蒲团上，小和尚垂手而立。几棵枯树，栖息一只昏鸦。远处隐约几抹山色，也是雾蒙蒙的样子。

小和尚问："秋天的树叶真是美呀，可是都凋谢了。"

老和尚说："冬天快要来了，叶子太多了，树木撑不住，只好舍。这不是放弃，是放下了。"

想想也是。穿越寒凉，这个办法真是不错呢。

山依然很远，淡淡的，不甚真切。茅屋却很近，青瓦，白墙，白石头的台阶。台阶缝里，一根青草也没有，干干净净。不沾尘，才好。

门帘是竹子的，卷起来了。窗子也挂了珠帘，却垂下来了。墙上题了诗词，笔迹苍劲，却又像醉了酒，稍稍有点醺意。屋后都是树木，枝繁叶茂，枝条扑打在屋檐上。

老和尚枯坐在门槛内，袖手，缩着脖子，一动也不动。小和尚伸长脖子，勾了腰，盯着脚尖看。

尽管枯坐，却也有气象——万物皆空的气象。澄明，清寂，好像流水潺潺而过，哗啦啦的声音就是为了招来更多的寂静。

小和尚说："墙角还有一丛花没有开，眼看夏天要过去了。"

老和尚说："放心，时间还未到呢。到了，就开了，谁也挡不住。"

这个"放心"，不是不用心，而是把心安顿好。

老和尚依然静坐。这一坐，一世红尘，薄而轻，遗忘殆尽，一点点怆然都没有。花开花落，风清月明，心从容地安顿好了自己。这就是禅。

归　隐

题了两个字：归隐。所以，一轴画，看不见人。这才是隐呢。

小隐隐于野，隐于野才好。隐于野那还不诗意，要隐于深山古寺的寂静里才好。桃花梨花都嫌俗气，只要松柏即可。如果有柳，也还行，烟柳蒙蒙，浓绿淡绿堆砌了，倒也有了《诗经》的意蕴。

还有野花青草，鸟儿们，就随意吧，简约而饱满，山里的日子也不至于太薄。

山路不是很瘦，不是很陡。青石板，一个台阶一个台阶搭上去的。路边芳草萋萋，还有一弯溪水，清澈得想去洗一洗手，俯身喝几口。路上一条小狗，尾巴卷起来，低头在水里看自己的影子。

青石板的小径拐了弯，弯里泊着几个硕大的石头，白色的，比房子还要大，那么霸道。距离石头不远，是个亭子，很简约，茅草的顶子，几根木柱子撑着。

亭子里空空的，只有清风吹，吹得几缕茅草有些倾斜。

背景是深山，淡淡的云，都不在近处。然后是古树，浓密的呀，看不见树干，只有层层叠叠的树叶。树下几痕篱笆，几朵野花。再没有什么了。

青石板石径去了哪里，也看不见。篱笆后面的树林里是什么，也看不见。只有这些了，隐者的身影也是寻不见的。

如果是知音，还可以听见琴音。如果是故人，还可以见到晾在石头上的长衫。如果是僧人，还可以采一束草药相赠。

至于陌路的人，只见到一座空山，盛大的寂静。人间的烟火，到底是俗了，屈就了。隐者，只负责自己的心灵。连草庐前的寒鸦孤崖也是清雅的，没有浊气。

内心孤傲素洁的人，像水墨狂草，巨大的潦草就是境界，是苍茫和雅致。也是质朴，是返璞归真。不为别的，只为自己的心灵的本质。

品行清高了，人就会孤独。红尘没那么多知己。长歌乘风，没那么多人听懂。如果拒绝平庸和浊，就归隐山林才好。

世上的俗人不懂，还要妄加评论。别人的事，比自己的还要热心。嘤嘤嗡嗡，没有人会聆听一声叹息。

乘一叶舟，独钓寒江雪。不为别的，只为一份古朴的情韵，只为一江寂静、一江清冽。一意孤行，是自己的内心，是几分傲狂之气。

有些美，轻若蝉翼。而品行美到极致，便有了书卷的清幽香气。一江山色，都收在心底。能落下的，只有几枚脚印，踩在青石板的台阶上，淡淡的。

清风过后，连脚印也寻不见了，归隐山间了。

青灰色的西夏

西夏，青花已瘦

西夏的颜色，总是素淡、瘦削，从不鲜艳。

最多的是青灰。青色，是醇浓的那种，一点儿也不黯淡。灰呢，灰得干净，不拖沓，不迷茫。还有土黄，也是清洌的。褐色呢，简练，素雅。奇怪呀，这些颜色掺在一起，弥漫起淡淡的风雅来，像是《诗经》里的意境，跟党项人没有关系一样。

可是，这样朴素的色泽，就是西夏的颜色，仔细嗅，好像有淡淡的清香，从西夏的时空里袅绕而来，盘桓在壁画、塑像、残破的瓷器里。这些古董，一定储存着西夏的气息、党项人的味道，挥之不去。

党项人，好像不喜欢艳丽的颜色。无论塑像还是壁画，都是清瘦的颜色、青、灰、褐、白、土黄、墨色、暗绿，蔓延着清婉的气息，却暗含着华丽，一点儿也不苍凉。明亮光鲜的色系，大红、大绿、绚黄，都没有。偶尔一绺儿青紫，也是素淡的，不酽。

青砖，白墙，一点点灰瓦的屋脊，屋檐上枯黄的草。菩萨手执莲花，目光安详。衣裳是青灰的，莲花也是青灰的，莲叶是暗绿的。真是清雅得好看哪。

西夏，在凉州的光阴里，素素地优雅。用浓的淡的青，点染出世俗光阴里橘黄的温暖。

你看，西夏酿酒图。

画面是大片墨色的底子，却不压抑，反而有一种沧桑质朴的厚实。一张青色的低案，青得有些铺张。这青色，也青得透彻凛冽，让人看一眼，心里微微一颤。案角，一卷木简，未打开，卷得好好的，斜斜丢在那里。低案底下，肯定有一只慵懒的猫儿，咕噜咕噜一边念经一边做梦。

酿酒的大火炉却是土黄的。清洌醇畅的土黄，火焰一样在一片墨色的底子里张扬地跳跃。酿酒的是两个女子，都半跪着。添柴的女子，纯白的衣裙，青绿的裙角儿散落在地上。云鬓高耸，眼神是柔软的。她脚边是一只剔刻釉扁壶，想必是盛满了美酒吧。

日常穿着打扮，胡人最喜欢白色。

火炉另一侧，是黑衣衫的女子，也是半跪着，面色白皙，侧目看着地上的酒碗。黑色的深衣镶了纯白的边，露出一抹淡黄的胸衣。她的神情，真是让我惊讶，多么柔软哪。女人的味道，就在那侧目的一瞥里，花儿一样芬芳。

她看着的那只酒碗，是青花瓷上雕了折枝牡丹的那只吧？

两个酿酒的西夏女子，她们在火炉前说了什么呀？是拿西夏方言在低低地说着吧？那方言，想必也是掺杂了汉话的吧？生活在凉州的人，总是操着一种含混的语言。

明眸，红唇，微醺，裙裾飘逸。女人轻柔的韵味，扑面而来。有点丰腴，却还是柔弱，真是美呀，美得人心里绝望。隔着千年的时光，仍然忍不住嫉妒。

西夏的女子，你美就美吧，美得这样柔软干吗呢。软软的神态，微微撒娇地哆。不要说那黄沙茫茫里一路风尘赶来的男人们看了心疼，连我，千年后的一个小女子，看了心里都轻轻颤动。

火炉上空，是袅袅的水汽，凝成一团，悬浮在屋子里。大约，这是个冬天的夜里吧。院子里下着雪，而屋子里，火炉却红红的，酒味儿一定在屋子里弥漫了又弥漫。

再粗犷彪悍的西夏男人，再铁石心肠的男人，看到这样的女子，心里怕是都要温软得化成一汪清水吧？家的念想，就是这样枝枝蔓蔓疯长起来的吧？

只有青、土黄、白，一点儿浅绿，大片墨色，却能晕染出来如此温暖惬意的场景，真是不可思议呀。有些美就是这样，简单、随意，却能温暖人的心灵。

塞外有美人，亦有大雪

塞外有美人，美得天姿国色。不是我，是昭君呢！我只能想象一下昭君的裘衣，狐狸毛皮做的，多么隆重而摇曳地好看。

古凉州，北凉王沮渠蒙逊的女儿，西域的美人，更有风情，楼兰美人的那种，真是美呀！可惜，没有文字流传下来，是我自个儿想的。

还有呢，河西鲜卑人南凉王秃发乌孤的妃子，叫乌啼禅，也是美得像睡莲一样，不忍多看。多看一眼，心里一惊，就会涌起万分怜惜来。这个美人嘛，你自然是不知道的，只有我清楚，因为是我在小说里编出来的。

大雪下呀下呀，我在塞外之地的一个小山村里，坐在茫茫大雪里编故事。编的都是美人，穿了裘衣，对镜贴了花黄，点了朱唇。写累了，听雪。

可是，听不到雪落下来的簌簌声。掀开门帘，满眼都是洁白。

院子里，路上，房顶上，都是雪。

一点一点偷偷地落下来，一朵一朵踩着大地的气息落下来。

突然就想起来，儿时念书，有孩子看着窗外感叹：啊，鸡毛大雪漫天飘。那哄堂大笑，好像还是昨天，人却一下子老了，沧桑了。

喜欢两个节气：小雪，大雪。读来，也是美得心颤。好像很多很多的雪，就藏在这两个节气里。时令一到，苍天一声令下，走你！十万浩浩大雪就熙熙攘攘赶往人间。

大雪就这么没心没肺下呀，下呀，落在屋顶上、树梢上，越下，越静。天地之间，就剩下雪，剩下纯洁的白。小小的山村，顶着一头雪打盹。

一条黄狗驮着一身雪，从柴扉的缝隙里挤进来。柴扉暗哑地响了一声，接着沉默了。门楣上，还贴着去年的春联横批：紫气东来。

木头栅栏的院墙，歪歪扭扭在雪地里搂紧几间土屋。土屋顶早已经被大雪攻占。万物静谧，都戴了白雪的棉帽子。幸好，雪不是绿色的。

下一场绿色的雪怎么样呢？不要苍老的绿，不要傲孤的绿，只要浅浅的、淡淡的绿，有些亲和的意蕴。我要披一身绿，一走，搅起暗暗的草木清香气儿，多么好……

窗户里透出来一缕昏黄的光，睡眼蒙胧的样子。美人的醉眼，大约也是这样的吧？让人看一眼就心神迷离，美得措手不及。

雪，好像下在梦里一样迷幻。繁华，惊艳。暗暗地隆重，暗暗地惊天动地。

屋后的大树，也许是柳，也许是槐，也许是白杨。也许都不是，是另外的一种树。总之，这树枝丫干枯，在夜色里伸展开了，和我的心一样，有些苍凉的姿势。

雪就一点一点小心地垒满枝头。一簇一簇的雪朵儿，装作梨花的样子盛开，怯怯的，不胜风寒。那枝丫，轻微地颤动一下，两下，一粒雪也没有掉下来。也没有风。

一只麻雀泊在屋檐下，饥肠辘辘看着大雪发呆。饿呀。一场大雪藏起了它的食物。

雪尽管下着，心无挂碍。

院子里黄狗走过的爪印儿都被大雪覆盖了。它蜷缩在墙角的窝里，爪子抱紧嘴。它是怕冷的。

门前也没有人走过的踪迹，只有干净柔美的雪，一层层加厚。

偌大的静谧，被大雪倾情覆盖。山村里，是空灵轻软的水墨意境，是硕硕天地之间清美的大写意。

偶尔有走夜路的人踏在乡村的路上，咯吱咯吱的声音也全是柔和的、细弱的。有点醉酒的醇，不冽。

一头闲逛的牦牛磨叽着走几步，又去一棵树上蹭，枝头的雪就簌簌抖落下来。哞——它叫了一声，声音朴素、温和，擦着大雪落在空空山野里。

这雪，下得像一阕宋词，婀娜，柔和，瘦而妖娆，却分明有些慵懒的意思。

乌鞘岭的雪，下得越大，越暖和，并不冷。深山在夜色里孤寂，河水在雪地里枯萎。乌鸦的一声叹息，也凋零了。

一只猫从墙头上跳下来，脑门上顶着一撮雪，蹑手蹑脚进了柴房。它的爪印，是一朵一朵柔软的花瓣，一路开进柴房里去了。它一定是想捡起这串脚印儿，不被老鼠发现。

乌鞘岭，万物静籁，寒梅瘦水。就算晚上喝着一碗粗粮粥，依然能静心挑灯夜读。煮字疗饥，是半辈子修炼来的，就是这样的意境。

没有风的雪，真是好，好得贴心贴意。雪夜闲坐，可以拿这种温软的意境，来治疗内伤。内伤也不是很伤，一点点禅意的雪落就痊愈了。

屋子里，红泥小火炉，一盏老酒，一卷古书，一缕佛音。还有一位不染尘的女子，素淡，简约，青灯独坐，像老僧。轻轻捻动指尖，书页翻过去一页，"嗤啦"响了一声，声音轻微。

酒盏里冒着一丝热气，弥漫起酒香。少少地抿一口，好了，不要醉了。醉了，就无端伤感起来，就把心里的美人也编得一地落红。最好，不要让她们去飘零。最好，让儒雅的男人一辈子好好呵护着她们。最好，不要让她们为了果腹的粮食而天天惆怅难过，不必为一碗米费心。

心界空旷，大音希声。只有扑簌簌的雪，蓬松松地饱满。心空了，容得下一轴"千山鸟飞绝，万径人踪灭"的大意境。容得下十万雪花繁华降落。容得下西域美人惊鸿一瞥。

院子里，人间烟尘气息，都藏在一场大雪里，不动声色。心不动，红尘自然不动。如果有一点儿小小的忧伤困惑，就粘贴一枚雪花，让风邮走。今夜，如果大雪想快递给我什么，就赐给我一份灵感，让我写出最最空灵妙曼的女子，在火炉前轻轻描眉。

塞外有大雪，也有美人呢。

采药图

青石板小径，一叠一叠，折进深山里去了。深山里有人烟吗？可能有，也可能仅仅是偌大的空寂。不过，隐隐约约，似乎有亭子一角，那样遥远，看不真切。野杏花探出来几枝，斜倚在亭子的飞檐下。虽远，但花依然是繁繁的，暗香随着风的方向，一拨比一拨清冽。

山有多高，不可知；有多深，亦不可知。树木太多了呀，密密匝匝，遮挡了视野，只是影影绰绰，露出那一尖亭子角，教人疑心山里面是有人烟的。可是，总有一种说不清的静，说不清的空，劈面而来，又叫人觉得，除了草木，应该是没有人迹的吧。不过呢，隐士就是喜欢在这样静穆的地方，弹拨古琴，枯枝煮茶。无人相扰，才好。

隐士的内心，应该能够驾驭这深山的幽静。不然，一天一地的寂寥，草木尽是古奥奇崛的样子，单单是森森然的气息，都能逼退人呢，如何能枯坐看云。

青石板小径如蛇，曲里拐弯，从深山里探伸下来，一路树木掩映，连天空都看不真切哩。山下都是水，水面平静，几棵树直直的，站在水里，自有几分古拙之美。另有几棵，从怪石的缝隙里挤出来，瘦筋筋的，斜倚着临水而居，浑然一种太古之风。

只一枝野杏花，从崖头俯冲下来，夹杂在老绿的松柏枝子里，鹰一样盘旋。枝头的花，稠密得发疯。只这一枝，就是一支穿越光阴的箭，能把一山一野的草木引到季节深处去。你知道，山里的杏花，开得很迟。迟得让人乍然相遇时，心里一惊。

唯有松柏是坚韧的，不会被季节弹走。它们把自己捻得筋骨刚硬，婉转地钻出乱石，顶着一头日光飘逸洒脱。松柏总是被人赞美，大概来源于它们精神气质上古淡的风骨，教人看了，浊气下降，清气上升，处在对世界的美好想象当中。

青石板山路的近处，一丛松柏枝叶背后，半掩着一个梳了发髻的童儿，面容温润，目光娴雅。他低眉看着脚下的路，路边高耸奇骇的怪石上，开满淡蓝色的花朵，一窝一窝，一群小妖精似的纷乱妖娆。

小径前面，一片开阔的石台上，高士采药归来。他戴了布巾帽，浓眉粗髯，面容奇古。对襟长衫，腰里束了深色布带，衣纹简练。背上的药篓沉甸甸的，使得高士略略低了背。草药枝枝蔓蔓从背篓沿上垂下来，一枝藤花窜出花叶，独自向着天空盛开。

高士侧脸，回头，正仰视侧面的高山。高山是看不见的，都被密匝匝的枝叶遮挡掉了。但看不见不能说是没有，他看得那样专注，目光深沉。

是什么惊扰了高士的步履？我想，是山崖上的一挂瀑布，让他倏然驻足侧目。空山清幽，一声鸟啼也能够响彻空谷。他从山中采药归来，拐个弯，突然劈面遇上轰隆隆的水声，声音匀净醇厚，提纯过一样干净。高士的步履倏然间被牵绊住，略略有些惊诧，仰目寻瀑布而去。那瀑布，慢慢听，竟有丝丝苍茫，折叠着时光的长度。人藏笨拙，水藏气势，都柔婉起来才好。我总是固执地认为，高贵之气来源于柔婉。

这是陈老莲的一轴画。他在三百多年前的月色里，对月独斟。醉了，泼墨青色纸，高士和童儿就在山水间采药而归，那样的深邃古幽。那时节的陈老莲，该是狂放不羁的吧。但我依然觉得，他的高贵，似乎是一尘不染。

蓟州的青藤穿过石头村

石头村

天津，蓟州。

长风浩荡，青藤穿越时间，花朵走过山谷。

遇见一座石头村。简约，朴素，寂静。石头墙，石头屋，古色古香，是梦里见过的村落。就连吹过耳畔的风，也是梦里的声音，柔和，轻缓。

青藤爬上屋檐，遮蔽墙头，叶子稠密。那颜色，好得令人感动。石头墙披一身叶子在身上，那么美，明艳而梦幻。屋檐上挂着的麦黄色葫芦，紫色藤花穗子，还有芒草，在秋日的阳光里闪烁着光芒。万物彼此照耀，且和光同尘。

石头院子古朴，笨拙。风吹，草叶拂拂，草穗子点头。

村子后面是大片的山林，远远可以看见鹰嘴崖。细瘦的石头小路，斜斜的，伸到林子深处。是一种幽深的、恬然的、禅意的寂静。像在时光深处，宇宙尽头。美好得不可言说。

谁也别说话，光阴兀自拔节生长——让叶子打发太阳，让树木细数年轮，让风啄敲石头，让喜鹊啄碎野果子，让蚂蚁穿上那么多的鞋子，系好鞋带，好去搬砖。

石头村里，万物生长。

村后的山林里很多树，柿子树，梨子树，苹果树，各种说不上名字的树。树下有菜畦，田园之美，古风之美。老品种的冬果梨落了一地，果子不大，微黄，散发着酒的味道。

《诗经》里都说了，呦呦鹿鸣，食野之苹。一群鹿呦呦叫，在那原野里吃艾蒿。我们当然可以吃野果子，虽然不是鹿。因为山野美好得过分，让人觉得像走在《诗经》里。

在树下捡了好多冬果梨，衣袖上擦擦，大口咬，咔嚓咔嚓。是童年的味道，酸甜，一点点涩。酸枣也落了一地，绿色里透着紫红。捡一把，边走边吃。还有一种很小的，拇指大的野果，微黄，嚼起来像柿子，涩而清香。走到鹰嘴崖的时候，野果子都吃饱了。

小野花随处可见，喇叭花也多得是。反正，都那么好看。木头篱笆，歪歪斜斜的，大片鸡冠花胭脂红，开得那么隆重，像电影镜头。

世界上有十万个秋天，就有十万朵花开。有十万朵花开，就有十万个果子。

世界上有十万个石头，就有许多石头村落。幸好，我遇见了蓟州的石头村落，遇见了十万朵花开，一地果子。

也许，花朵果子既在心外，也在心内。蓟州既在远方，也在内心。

云朵路过鹰嘴崖

一条细瘦的小径从山林里通向鹰嘴崖。山野里全是树，鸟鸣响彻山谷。万物沐浴在午后的阳光里，是一种古典的寂静。

小径是原始的那种，陡峭处有横木作为台阶，平缓处是沙石小路。横木上覆盖了青苔，一点儿绿，一点儿黄，颜色可人。有落叶，也有枯草，脚踩上去沙沙作响。

山野无比迷人，像走进小说里。山楂树、野梨树、柿子树、栗树，一株比一株好看。如果吹过一阵风，树叶子就会轻微晃动。小径上的碎石子呀，落叶呀，枯草呀，全都是水墨画卷里的颜色。远处的山峦朦胧而苍翠。

大地是绿野，天空有没有仙踪？我不知道。群山寂静，云朵路过山崖。

那么多那么多的叶子，那么多那么多的绿——层层叠叠的绿，不知疲倦的绿，前拥后挤的绿，不在乎季节的绿。

如果白色是一切颜色的开始，黑色是一切颜色的尽头，那么，绿色到底是什么？绿色是这个世界出现最多的颜色呀。绿色重复绿色，绿色复制绿色，绿色覆盖绿色。

泼天绿色的出现，一定是要表达什么。是生命不息？是时空的旋涡？还是苍茫宇宙中闪烁的信息？谁在时光深处辨认绿色？谁在梦幻中弹拨绿色？

也可能，绿色是给万物的和颜悦色，是大千世界的吐纳之色。

松鼠贴着树干溜下来，尾巴翘起来，嗖一下不见了。灰色的山雀子喳喳叫着，小眼珠子瞪着人类看。

拐过几个弯，树木愈加高大浓密，小径变得幽暗柔和，树枝子伸过来，拦在小径上，调皮地一晃一晃。坐在横木台阶上，伸长腿，踢脚边的小石头，像小孩子那么快活。什么都不想，什么都不说，就深深呼吸山林里的空气，带着青草味，带着阳光味，多么好。这清透又陌生的美好，恰恰被我遇见。

树林子里适合做梦，适合空想，适合撒野。

如果隐居，也怪好的。树木很多，可以搭一间木屋子。到处都是干柴，煮茶围炉读书。野果子落满草地，连上树摘都不用。板栗，核桃，榛子，怎么吃都吃不完。

种菜？根本不用。一山一野的野菜，随便挑。种花？也不用。野花多得能看烦人。

想想看，就是一间木屋，一道树篱，足够了。门前的大树遮蔽阴凉，树下石桌木桩，喝茶读书，看云路过鹰嘴崖。花瓣落了一地，蚂蚁帮忙翻书。老衲独坐树下，捻动念珠，时光清闲。

一种小草，开满小紫花，悄悄伸到小径上来，一朵一朵摆出来给人看。一截老树桩披垂着藤萝，叶子开始变黄。树下挤满花草、三色堇、石竹、地锦，夹杂着各种说不出名字的杂草。藤萝缠绕在大树上，鸟儿蹦跳在树梢，午后的山野浪漫又美妙。

深山不在乎季节，植物兀自吐故纳新。

有那么一刻，我觉得自己走进了《简·爱》的世界里——似乎小路拐角处，就走着柔柔弱弱的简·爱小姐，手里握着一束野蔷薇。似乎再拐弯，会听见嘚嘚的马蹄声，会迎面遇见罗切斯特先生，眼神忧郁，胸膛宽厚，面貌冷峻，脸色黝黑。

夏洛蒂的世界就是这样的，又幽静，又明媚。又简单，又清澈。无论这个世界多么复杂，她依然保持内心的纯真。爱的依然爱，坚持的依然坚持。

无人机一直往鹰嘴崖高处飞——从无人机的镜头里俯视大地，群山苍茫，山河辽远。我们像几个小点点，比蚂蚁大不了多少。世界多么大，多么大。人多么渺小，多么渺小。

渺小也没什么，苔花如米小，也学牡丹开。

像萤火虫，再小也要努力发自己的光。如果不能照耀别人，就照亮自己。

走了很多路，看了很多花，其实我们一直看到的都是自己。我们寻找的，也是另一个自己。亲爱的自己。

山林里走了很久——走过幽暗处，走过阳光处，走过曲径，走过树木浓密处，走过野花盛开处，像走了一辈子。

眼前豁然开朗——终于爬到山顶，远远地看见巨大的鹰嘴石崖。一路是窄窄小坡，走过一段山脊，来到山崖前。山崖悬空突起，像鹰嘴，也像蟾蜍。换一个角度，就会看到迥然不同的物象。

也许，山崖变幻出我们内心的东西，是鹰嘴，也是蟾蜍。内心有什么，外像就折射什么。我们内心美丽清幽，外像也是。深山幽静，我们遇见，又分别。

核桃树，松鼠

在蓟州，遇见一棵树，老核桃树。

树冠巨大，遮住太阳，我们坐在树下喝茶发呆。不过，蚂蚁那么多——那些蚂蚁丰腴，细腰，勤劳，动不动就跑到人衣裙上，撵不走。

松鼠也许一只，也许两三只。总之它们的外套很相似，分不清到底是几只。长得好看，皮毛光滑，奔逃起来又是个机灵鬼。

我在核桃树下喝茶时，头顶一阵窸窸窣窣的声音——松鼠在嗑绿核桃皮。

嗑瓜子似的，很快嗑出来一颗黄澄澄的核桃，然后抱着核桃溜下树枝子，跑了。它挨个儿闻硕果累累的枝头，知道哪一颗核桃熟了，哪一颗还青涩。

秋天是储藏的季节。松鼠想把一树的核桃藏起来过冬。然而有时候它抱着核桃在柿子树底下，有时候又在大门外溜达。也许它有好几个窝，也许是好几只松鼠。我看了半天，傻傻分不清。

我想和松鼠打个招呼，顺便拦截它的核桃。因为我嗑不开绿皮核桃。耐心等它嗑出一粒核桃，溜下树的时候，我跳起来，半途窜出来打劫。一跺脚，大喝一声：交出你的核桃来。

松鼠活了一辈子，万万没想到，一个人类竟然抢它的核桃。它丢下核桃抱头鼠窜。那只核桃吓坏了，噔噔噔噔滚了好远，我一路狂追。

没追上。核桃滚到玉簪花丛里，松鼠窜过来抱走它。

朋友说，这种松鼠忘性大。它藏满一个洞穴的核桃，然后又去另一个洞穴储藏。再然后，它把前一个洞穴的核桃忘掉。于是，整个秋季，松鼠都在忙着嗑核桃，储存核桃，这棵老树够它忙一阵子。不过，它能吃到的，就是最后记住的那个核桃洞。别的都忘掉了。

柿子还未红，鸟儿们在枝头叽叽喳喳。等柿子红了，它们就可以吃一个冬天。不用储藏，柿子挂在枝头，风刮不走，鸟儿们想吃就来吃。

其实，鸟儿一辈子也吃不了多少柿子。因为柿子树也是老树，不晓得长了多少年。如果是几百年的老树，从老树的眼光来看，鸟儿的一辈子也不过是弹指一挥间。

坐在树下，看云路过蓟州，听树叶子飒飒的声音。

雅尔加族的雪

大雪封山

一群鸟撞碎正在飘落的大雪，似乎隐入另一个时空，刹那间消失了。大雪吞噬了鸟群。旷野更加古旧空洞，只剩下白茫茫的雪，无边无际。高山秃鹫啄碎野黄羊的枯骨，鹰眼透过雪粒的空隙寻找幽暗的天光。大雪里，时光总是模糊不清，有些天荒地老的意味。老牦牛顶着一头雪，退缩到避风的山坳。土狼拖着尾巴，不想说话，从一个岩石洞走到另一个岩石洞。能打败野兽的，不是人类，是大雪。

老牧人的冬窝子就在雅尔加族的山谷里。没有人知道雅尔加族是什么意思。这座山谷里，住过吐谷浑，住过匈奴，鲜卑人也扎过帐篷。山留下个名字，草留下个根。祖祖辈辈就这样叫着。

老牧人的两间土屋子，顶着一头雪，远远看，倒也看不出来是破落屋舍，像山谷里冒出的一朵蘑菇。屋子里暖和极了。老牧人坐在火炉前，埋头翻看日历，比古人查阅案牍还认真。

冬窝子的日子荒芜枯燥，数着一场又一场的雪，漫长得看不到尽头。坡下的旧窑洞，散架的马车，覆满厚雪的草垛，枯萎的黑刺，野狐狸挤进铁丝围栏钻入牧场，狍鹿误入土狼的石洞——这一切似乎都与牧人无关，他沉浸在旷野一般的虚无里，黝黑的脸颊，胡须上结了水珠。

自打到了冬窝子，他已经好久没看见人，也没大声说话了。就在前些天他喝茶的时候，来了几个探险客。一个大胡子男人，脚穿破旧的胶靴，背着巨大的帆布包。一个女人，看起来也不年轻了，头发乱糟糟扎起来，脖子上挎着相机。还有三个人，脸包裹得严严实实，也背着大包。他们问去马牙雪山的路，然后顶着风雪走了。

老牧人想了很久，也想不明白——这么寒冷的天气，到处是悬崖峭壁，在家定定儿窝着不好吗？非要跑出来找苦吃，还说挑战雪山——哪座雪山要你挑战？真是的。

老牧人习惯了雅尔加族山谷长风呼啸的日子，习惯了敲碎冰块煮茶的清闲。他喝茶，慢腾腾翻日历。雪太大，时光走得慢，天地之间被雪攻陷，慢慢消磨好了。

一场大风卷着雪刮过山谷，突然，老牦牛哞哞吼叫着，从山顶冲下来，发疯一般。牛群搅起雪雾，不混杂一点儿尘土，像山神弹出的一团雪球。

大群的乌鸦扑啦啦撞击大雪，飞到牧场空旷处，嘎嘎乱叫，像乌鸦窝里被谁捣了一竿子，鸟啼声听起来充满惊吓。土屋前的横木上拴着的两头奶牛，也在惊恐不安地吼叫，蹄子刨地皮，扭头甩脖子，企图挣脱缰绳。

细长的牧羊犬绕着屋子狂吠，似乎身体里埋着一面鼓，声音又大又沉闷。树杈上的积雪摇摇欲坠，倒也没有落下来。大群麻雀从牧场前面飞过，突然在空中收拢翅膀，直直栽下来，戳到雪地里。

动物惊恐不安，空气里隐藏着危险的气氛，一定是有什么事要发生。是粗毛野兽来了吗？是黑熊还是土狼？难不成鹰鸽嘴那几只雪豹打过来了？老牧人披上毡衣，推开门走出去，打量门前被大雪覆盖的牧场。今年的雪比哪年都多，多得山谷盛不下。大雪会让野兽们疯掉。

可是他听到巨大的断裂声，嘭，嘭，吱嘎，吱嘎——是河面坚硬的冰层断裂的破碎声。而后，山那边突然闪现紫色的光，冲破大雪，看上去诡异又可怕。牧人呆在门前，定定儿立着，像一截树桩。传说中的外星人要降临雅尔加族山谷？他们吃人不吃人？会不会把我这个老汉子掳走？老牧人心里嘀嘀嘟嘟打鼓。他虽然在山谷里独自放牧一辈子，胆子却小，而且越老越胆怯。

现在，他腿簌簌发抖，牙齿也在咔咔磕碰，实在控制不住自己。不过，山谷里看不到野兽的影子，没有土狼，没有黑熊。雪豹不好说，会隐藏在雪地里突然袭击。袭击就袭击吧，无非搭上一头牛而已。野兽想要的东西，人不可能阻止。山野这么大，连山神都管不过来。

奶牛把蹄子底下的雪地踩得稀碎不堪，一圈一圈转悠。不是蹄子很闲，而是它身体里有些东西不受控制，促使它踩出乱糟糟的蹄印。牧人的坐骑，一匹紫红骏马，伸长脖子看着远处，时不时拽一下缰绳，急促喘息，跑了一天的山路的样子。紫骝马看不到天，只能看平行时空，但是它看到了什么？老牧人分明看见它眼里似乎噙满眼泪，快要溢出来。如果外星人降临，会不会牵走紫骝马？天哪，千万不要那样，紫骝马真是一匹好马。

一大团雪雾移动着，冲下山来的老牦牛狂奔到牧场里，呼哧呼哧大口喘息，朝老牧人哞哞叫喊。老牦牛很少回到围栏里来，它们大部分时间都在山谷里游荡，桀骜不驯，难得对人类有这样依赖乞求的时分。

然而，什么也没发生，紫色的光亮闪过之后，雅尔加族山谷归于宁静。过了一阵子，老牦牛开始翻腾被大雪压住的马莲草墩，眼睛里的惊慌还未消失。铁丝围栏上落着一些喜鹊和蓝尾鸟，缩头缩脑，木然看着大雪。又有一只白狐顺着破洞钻进铁丝围栏，一溜烟不见了。厚雪吞噬了野狐。

老牧人搓搓冻麻的手，返身回到土屋，往炉子里加了几根木柴。到了他这个年纪，已经不会有太多奢求，平安就好。不过是年年月月放羊放牛，从冬窝子到夏牧场，又从夏牧场到冬窝子。孩子们都在城里，时不时回来一趟。若是让他进城，那可不行。丢天丢地都不能丢下牧场。

这个冬天，他的腿疼得厉害。老牧人坐到火炉边，一边嘟囔，一边搓揉他那僵硬又钝疼的腿。年轻的时候，一口气能翻过五六座大山，从雅尔加族山谷不歇气跑到代钦岗玛。现在真的不行了，走几步就得歇口气。大地变老是从芨芨草枯黄开始，人变老是从腿脚开始。

山谷里沉寂下来，天色渐暗。吱呀一声，细长条牧羊犬从门缝挤进来，嗓子里挤出呜咽声，伸长嘴扯老牧人的裤脚。这时候，高山秃鹫斜斜飞过牧场，奶牛喉咙里发出呜咽声，山顶上传来土狼惊恐的吼声，老牦牛突然奔跑，哞哞声里充满了绝望。

黑熊来了——老牧人绝望地喊了一声，想站起来，但是没有用。此时大地之下一种轰隆隆的声音滚过来，随后屋子开始摇晃，木头门扇撞击到门框上，啪啪啪震颤。最先翻掉的是柜子上的酒瓶子，摔到地上，发出巨大的碎裂声。

地震了。老牧人接着惊叫一声，扶住炉角，挣扎着站起来，往门外跑。地面在摇晃，站不稳，牧羊犬撞开门缝，老牧人趔趔趄趄冲出去，跑到门前的空地上。

牧场上动物乱窜，声音凄厉。干草架子摇了两下，轰然倒塌，干草一头扑在雪地里，溅起尘土和雪沫混合的雾气。河里清晰地传来冰层断裂声，一股泥浆猛然冒起来，顺着河床奔涌。

土屋浑身颤抖，门窗啪嗒啪嗒剧烈抖动，似乎瞬间就会散架倒塌。

老牧人稳住自己，只觉得天旋地转，身体内也在翻腾。他吐出一口胃里的酸水时，大地停止摇晃，平静下来。雪不知道啥时候停了，山谷里白茫茫的，只有寒风呼啸的声音。没有黑熊，是山谷摇晃了几下。

只是一瞬间，他意识到自己多么孤独，像在月球上。大雪覆盖了时间和空间，河里的泥浆漫上地面，夹杂着牛大的石头在翻滚。白天白地里突然冒出褐色的泥浆，突兀扎眼。动物们停止吼叫，鸟儿不见踪影。老牧人的耳朵里嗡嗡响，头晕恶心，山风吹得人快要僵硬。

老牧人孤零零地站在雪地里，吓得簌簌发抖。他老了，不能不害怕——空荡荡的雅尔加族山谷里只有他一个人类。没有同伴的日子多么惊心，整个世界把他给抛弃了，扔到雅尔加族山谷里，然后不停地降落大雪，将他覆盖。

拨打电话是没用的，只有山顶才有信号。然而他腿疼，爬不到山顶。孩子们都在城里，离山谷两百里路，不知道怎么样。天色欲黑未黑，大雪欲来未来。

太冷了，寒风把他撵到屋子里。门开着，先暖和暖和。老牧人又往炉子里丢几根劈柴。他打量屋子，黄土夯筑的土墙结实得很，只摇出几道细小的裂缝，不碍事。除了一些瓶瓶罐罐摔碎，墙上挂的干草药掉下来，其余倒也没啥。

山谷里听不到土狼的吼叫，万物安静下来。老牧人也慢慢恢复平静，又开始烧茶喝水。从窗户里看出去，河里的泥浆也渐渐落下去，在暮色里模糊起来。他拧亮灯，呆呆看着窗外黑洞洞的牧场。一阵风吹来，关上木头门。牧羊犬趴在他脚下，眼神忧郁。

空荡荡的雅尔加族山谷里亮着一盏灯，像在世界尽头那么孤单。

羊是愚笨的动物。冬天它们不敢在山里撒野，老老实实躲在围栏的暖棚里，咀嚼黄草。地震来临时，也会慌乱地挤成一团，咩咩叫。不过暖棚隔音，老牧人没有听清楚羊群乱纷纷躁动。

老牧人叹了口气，低头喝茶。其实他不知道，那只最肥的黑耳朵牦牛，地震到来的时候刚好踩在一块青石头上，结果连石头带牦牛一起滚下山洼。牦牛被卡在灌木丛里，老牧人找了好几天才找到。高山秃鹫已经守在半山腰，等待餐食。

这天夜里，老牧人睡得比哪天都深沉。他做了很多梦，梦中他在荒芜的山林里跋涉，在牛羊此起彼伏的叫声里寻找紫骝马，在倒伏的黄草垛上睡觉。他在梦中又睡过去，在梦里又做梦。就算是梦里的梦里头，他还是最牵挂紫骝马。

睡梦中，他似乎感受到一种轰隆隆的滚动声，不知道从哪儿滚过来，又渐渐滚远。随后似乎又是老牦牛的躁动声、牧羊犬的呻吟，似乎门板又咔咔响。但是他醒不来，沉沉地昏睡过去。有人醉酒，有人醉氧，他醉什么呢？

清晨，大雪还在下。老牧人烧茶、喝茶、咳嗽、吃烟，一想起昨晚的又一次地震，还是有些心惊胆战。如果地震摇倒土屋，他会在梦中告别这个白苍苍的世界。幸好，余震不大，让他安然无恙。山谷沉浸在白茫茫的空间里，大雪间隙里看不到任何东西，他怀疑这是一个虚拟的世界。连地震也是虚拟的，牛羊草垛都是虚拟的。

纷纷扬扬的大雪封住雅尔加族山谷，真正的大雪封山，天地之间只剩下雪。山谷是一个虚无的雪世界，山风对着群山发号施令，土狼一声一声布道。老牦牛卧在雪地里，彼此挤成一团取暖。它们的一身白毛又厚又密，寒风吹不透，但是粗毛野兽的牙齿能穿透。世界就是一个雪世界，雅尔加族山谷是一个寒风吹彻的山谷。

好久，老牧人把烟丝塞进烟锅子，点燃，狠狠吸一口。又大口咀嚼酥油糌粑，呼噜呼噜喝茶。又跺跺脚，掐一下手背。他必须得感受到世界是真实的，不是在梦里头。得证明时间不是停滞的，是在运转。牧羊犬走到他脚下，低声叫，它饿了。

我的那些小调皮鬼们，还没喂呢。老牧人嘟囔一声，推开门，踩着厚雪去暖棚喂羊。走到雪地里的时候，冷风一吹，他觉得世界是真实的，不那么缥缈。风雪再大，山谷还是山谷，牛羊还是牛羊。

那些落雨的日子

老牧人给我讲述雅尔加族山谷的地震的时候，我给他讲述了沙漠里的地震。不过那时候我还小，不怎么担心地震。

沙漠里很少下雨。但是那个秋天的雨比哪年都多。

家家都忙着搭帐篷防地震。我家的帐篷是从西瓜地里撤回来的，反正秋天的老秧瓜不甜，长得又歪瓜裂枣，也没有必要继续看瓜。

帐篷布被太阳晒得乌漆麻黑，是普通的那种棉布，一点儿也不厚实。布料少，只能搭三角帐篷。门帘是一条旧床单，补了好多补丁。

我们的生活里什么都不够，有些直接没有。钱、粮食、衣服、茶叶、白糖、床单。但是捉襟见肘买了一辆自行车。我读初一了，学校远，没有自行车没法上学。

沙漠里地皮子宽阔，院子大，半个院子用栅栏围起来种花种菜，村子里都叫花园子，不叫菜园。帐篷就搭在花园子里。一畦豆角起了，空出一块地皮，刚好安顿帐篷。

这个帐篷进出有点费事。花园栅栏常常被我家的黑猪攻击，花园里有白菜、青菜，全是黑猪爱吃的，它不惜一切代价攻打栅栏。黑猪不去巷子里浪，也不去苜蓿地和别的猪打架，一门心思只想拱白菜。秋天的白菜长势实在太肥，空气里都是清甜的白菜味道。

　　爹把栅栏换成土墙，半人高。这样黑猪天天毁，天天扒拉，也毁不掉土墙。白菜和青菜长到深秋，做腌菜，整个冬天都指望两缸腌菜。黑猪也是头倔驴，不，倔猪——眼珠子滴溜溜转，哼哼唧唧往后退，一直退到屋檐下，突然一个猛冲直奔花园墙，嗵一下，伴随一声沉闷的磕碰声，黑猪一头撞到土墙上，痛得吱喽喽叫唤。翻跳失败。

　　我家年年都养黑猪。每年春天，爹使唤我去俺们村一户人家里捉小猪。那头肥硕凶悍的母猪，生的小猪多极了，我们每年抓走一只都抓不完。无论我们养多少年的猪，都是它的崽子。

　　那户人家有我们羡慕的一切：双卡录音机、黑白电视、手扶拖拉机。女主人说话大嗓门，身材结实。她一把捉住小猪，倒提着后腿，任凭小猪吱喽喽叫，丢进我的编织袋。

　　村里的说法是，谁捉的小猪像谁。弟弟不能去捉小猪。弟弟挑食、瘦弱、面黄肌瘦，爹不想养那样的垫窝猪。我是天选捉猪崽的人，贪吃、皮实、胖墩墩、爱上房揭瓦。

　　黑猪每天的心思就是攻击花园墙，它不想吃拉秧瓜，只想吃白菜。没人理睬，矮墙足够厚实。我们进出花园，翻墙而过。跳进花园，走过细瘦的芫荽地埂，再拐到菜葫芦地埂，七拐八拐，才能走到帐篷里。

　　无论多难走，爹都相当满意这个位置。他的理由是，一旦地震，帐篷离房屋远，离庄院墙也远，砸不着，是最安全的。想想也是。庄户人家，房子都是土坯墙，没有坚固的大梁，谁家的房子都很凑合，摇一下就会塌掉。既然上面通知要防震，那么就不能大意。

　　煮饭也不敢去厨房，就在院子里，靠近花园墙的地方垒个土灶。爹在灶前煮饭，弟弟骑着黑猪横冲直撞，小伙伴们在庄门口一起跳着脚唱童谣：马莲开花，二十一瓜。二二〇，二二七，二八二九三十一……

　　帐篷小，树枝子搭了个简单的床，一家人挤在一起。沙漠里的月亮非常大，金黄金黄。我睡不着，透过门帘的缝隙看月亮。爹讲他年轻时候的事情，冬天遇见狼，走夜路遇见鬼打墙，生产队看麦场，有人来偷豆捆子，扛起一个就跑。

爹说的年轻时候，指十七八岁的时候。防震这年，他大概三十五岁。爹去世时很年轻，虚岁三十九岁。他忙忙碌碌，早早辞别红尘，谁也不知道去了哪里。

秋天风凉，一股一股从门帘缝隙里灌进来，冷飕飕的。爹的故事也很吓人，我和弟弟都缩在被窝里，大气不敢喘。我们并不害怕地震，因为前几天地震时，我和弟弟逃到庄门口了，爹才下炕找鞋子。我们确定逃命的速度比地震的速度快。

那天晚上，还不到深夜。爹还在喝茶，吱吱呀呀拉一把破二胡。我和弟弟不停地吵架，弟弟不让我听收音机——因为收音机的归属权很明确，白天属于我，晚上属于弟弟。

突然，狗在门外大声叫。爹停下二胡，竖起耳朵，嘀咕说，难道院子里进来贼了？狗怎么叫得这么猛？话音刚落下，随即窗户轻微震动，啪啪啪。然后门框也在摇晃，咔咔咔。

地震了！爹惊叫一声，从炕上站起来。他没站稳，一下子又跌坐下去。我和弟弟从未经历过地震，但是已经听大人们说过无数次。于是噌噌跳下炕，推开门绝尘而去。我们逃命的速度连自己都吃了一惊。

幸好没事。第二天晚上的余震刚好摇醒睡梦中的人，也是有惊无险。于是，乡上通知防震。不防也不行，家家户户都是土坯黄泥屋子，破破落落，很脆弱，经不住摇。

风吹着树梢，哗啦啦响。冯家的猫儿在屋顶上打架。我属鼠，家里不养猫。爹打鼾的时候，弟弟低声问，梅娃子，是不是地震了？我觉得帐篷在摇晃。我迷迷瞪瞪回答，是风吹的。弟弟喃喃自语，帐篷塌掉也不要紧。其实弟弟担忧菜地里很难走，逃跑不如院子里利索。

中午的帐篷简直太舒服，太阳暖烘烘照进来，帐篷里白亮白亮的。门帘掀起来，风进来，花香进来。满园子的花开在秋天里，颜色酽而厚。蒜苗尖带点枯黄色，白菜疯狂生长。辣椒深红，茄子天天摘下来一些，切成条晾晒在一道铁丝上。南瓜有水桶大，由绿转黄。

苍蝇飞进来，落在被子上，悠闲地用细长的手臂搓脸，然后嗡嗡嗡飞。躺在树枝子床上，嚼晾干的馍馍，还有晚熟的杏子，就算是小孩子，也觉得时光惬意舒适。

去年有一段时间失眠，头脑昏昏沉沉的。有一天午睡，屋子里撞进来几只苍蝇，嗡嗡嗡乱飞。那一刹那，我突然觉得回到了年少的时光里，苍蝇的飞撞让人非常安心，竟然睡着了，踏踏实实睡了一觉。

后来的日子，我打开窗子，放一些苍蝇进来。那种嗡嗡声像安眠曲，我渐渐恢复了睡眠。人的治愈是回到童年，找到父亲给予的安全感。就算现在的苍蝇不是童年的苍蝇，但那种声音依然能让人回想起安静踏实的旧时光，感觉父亲还在院子里忙碌。

我们村子不大，八九户人家。庄门口白杨树下坐着吃饭的人们。干拌面、炒白菜、炒土豆丝、炒茄辣子。庄稼人的聊天漫无边际。吃完饭，急急慌慌去地里收秋庄稼。葵花黄了，套种的糜子、谷子也等着开镰，荞麦都黄透了。这些庄稼得快快收割，不然几场大风就摇完了。

然而，大风并没有来，倒是雨来了，而且是连绵细雨。老秧瓜已经顾不上，让它烂在地里算了，猪吃不完，羊也吃不完。爹戴着草帽抢收荞麦。破草帽压根儿不遮雨，雨水顺着脸颊往下淌。收割的谷子捆背靠背立在秋雨里，谷穗又发芽，冒出一撮绿秧子。

我们的日子很难摆脱困境，但是谁都不当一回事，也没见谁愁死。村里人谁都穿着破破烂烂的衣裳，大嗓门说话，喝粗茶，一天到晚在地里干活。

花园子里要多泥泞有多泥泞，翻过矮墙，跳到湿淋淋的菜地里，挑挑拣拣走路。裤脚被菜叶子打得水淋淋的，再糊一层泥，可够恓惶的。菜地的地埂又细又软，被雨水泡得快要塌掉。一路走过去，鞋子里灌满泥浆。

我必须卷起裤脚，脱掉鞋子，才能进花园子。那个秋天我有一条灰色的喇叭裤，蓝色牛仔布的高跟鞋，不能糊上稀泥。我的小伙伴们还在野人状态——吃完饭舔碗、勺子刮锅底、骑猪、怀里抱着红公鸡溜达、双腿夹着葵花秆蹦跶。不，我只有星期天才能那样野蛮，其余时间去学校，得注意形象。

雨水顺着萝卜菜畦流过来，淌到帐篷里，帐篷泡在水里。帐篷布太薄，雨水滴滴答答落下来，透过布溅出细密的雨丝，落在床上。被褥潮乎乎的，能捏出水来。床边缘，靠近帐篷的地方已经不能睡了，雨水直接打湿了被子。只有床中间那坨干燥的地方能睡人。

爹决定去屋子里睡，敞开屋门，万一地震就逃到院子里。留我和弟弟睡帐篷。但是睡了两晚上之后，积水越来越深，快要淹没床了。再说进出实在不方便，泥腿绊脚的，走不利索。

雨一直不停，雨点一会儿骤一会儿疏，漫不经心下个不停。沙漠里很少这样下雨，也不知道老天爷怎么想的。不过，沙漠深处的野草可是长疯了，骆驼蓬、沙米草、沙霸王、沙拐枣、梭梭、沙芦苇……野骆驼一群一群奔跑，疯子一样，可能高兴疯了。

爹决定把帐篷搬迁到院子里。但是院子里搭帐篷，似乎起不到防震的作用，因为大地震肯定会摇翻房子，那样飞溅的砖头就会覆盖帐篷。村里有人家把帐篷搭在巷子里，可多嘴多舌的小伙伴说，半夜帐篷里伸进来一个毛手手，快要吓死。虽然他最爱胡说，但我们不想去冒险。

大雨泡软了菜地，然后泡塌三角帐篷。傍晚，爹从地里回来，也顾不得许多，只能让我们在屋子里先睡。他拆掉帐篷，把一块旧床单拼接到帐篷布上，增大面积，重新搭建大一点儿的帐篷，一家人安顿进去。帐篷搭在庄门口，离屋子最远的地方，后脊背靠着花园矮墙。帐篷搭好到半夜了，爹把熟睡的我们抱到帐篷里。他坐在黑夜里，吃烟、听雨、咳嗽。我在梦里听见他吭吭干咳，非常踏实。地震不地震的没有关系，爹在身边就好。

我们治疗感冒用红糖姜水，把掉下来的牙齿扔到屋顶，拿鸡蛋换小人书，作业本和钢笔还能买得起。爹有个姑舅哥从远方来，带来半编织袋咸鱼。爹炖了一锅，全村的小孩都来尝尝鱼的味道。沙漠里不可能有鱼。

后来，雨慢慢收了，偶尔下一阵。村里人急急慌慌把发芽的庄稼拉到打麦场，摊开晾晒。我家的胡麻不多，只有两架子车，爹拉回家，晒在院子里。

那些胡麻真的是可怜，还没晒干，就被我们玩坏了。既然我擅长上房揭瓦，那必定是有一些小喽啰的。我们在晾晒的胡麻上翻跟斗，打胡麻仗，再堆个胡麻草人，套上爹的衬衫。院子里到处是胡麻，我们顶着一头胡麻，灰毛驴的食槽里也扔着胡麻。

爹在地里干活，傍晚才回家。他回来时背着一捆青苜蓿草，腋下夹着铁锨。进庄门，他看到一个胡麻人穿着他的衬衫，立在院子当中招摇，吓得一个趔趄。辛辛苦苦收来的胡麻一地狼藉，两个小孩不见踪影，不知哪里野去了。

吃过饭，爹拉亮屋檐下的灯，把散乱的胡麻扫拢，拿一根棍子捶打。胡麻是家里一年的清油老本，被我们糟践得不剩几个。爹脾气暴躁，动不动和人吵架。但是，他对我们的耐心无边无际，哪怕把天捅破，也不在乎，他的小孩开心就好。

除了我家胡麻，我和喽啰们玩塌冯爷家的小帐篷。冯爷老了，一点儿都不想睡帐篷，不在乎地震。不过，以防万一，他搭了个潦草的帐篷，准备了一些被褥。倘若真的地震，也许用得着。旧床单、麻袋片，反正一些没用的布片缝补在一起，百衲衣似的一个帐篷。小床是一扇旧门扇支起来的。我和喽啰们就在门扇上跳哇闹哇，然后，帐篷呼啦一下塌给我们看。

冯家的亲戚，一个凶巴巴的男人拾掇塌掉的帐篷。他长得简直粗糙极了，鼓鼓的眼珠子，浓密的棕色头发，扁平的脸，粗脖子。他无精打采抽掉木棍，卷起百衲衣帐篷布，然后重新砍木头，裁帐篷骨架。

爹请他来我家吃饭。就他的饭量来说，我至今也没见过超越他的人。蓝花粗瓷大碗，一口气吃下五碗干拌面条。至于炒白菜、炒茄辣子、凉拌水萝卜，统统一扫而光。我想一个人能吃这么多，一定也很累。他们喝了一点儿酒，唱酒曲、拉二胡，然后又去干活。

那个人干活很慢，他把一棵枯树剁掉树枝，削得光滑，成为一根横杆。然而他的帐篷骨架搭得毫无结实性可言，我们随便摇晃几下就倒了。他的眼神里有些落寞，又去砍白杨树。冯家的花园墙边支起三块石头，那个人生了火，熬茶、吃烟、吃干馒头。院子里扔着木头、树枝子、锯子和斧头，像盖房子那样隆重。

后来，帐篷搭好了——支架太大，帐篷布窄窄巴巴，绷在木架上，木架空出来很多，像小孩穿了遮不住肚脐的马甲。爹一看那个帐篷，笑得两腮抽筋，天哪，这是个帐篷吗？捉襟见肘，别说遮雨，连太阳都遮不住。冯爷打量着蹩脚帐篷，至少不会被风吹倒。他找来一些塑料布，拆东墙补西墙，捯饬了半天，依然走风漏气。全村人都来看帐篷，笑疯了。的确，谁也没想到帐篷会搭成这个样子，叫花子似的。

又是七八天的连阴雨。葵花盘砍回来，晒不干，花盘发霉，黑曲乌拉。既然人不住屋子，那么暂时把葵花盘存在屋子里，不然一粒瓜子都别想嗑出来。每天夜里，爹坐在屋子里，举着一根棍子捶打葵花盘。屋子里传来沉闷的捶打声，潮湿的葵花子被敲打下来，堆在地下。嗑空的花盘从敞开的屋门里扔出来，一直扔到葡萄架底下，葡萄藤好歹能遮点雨。

空花盘晒干，粉碎，掺点麸皮是黑猪的口粮。黑猪的吃食粗糙极了。拉秧瓜、菜葫芦、青西红柿，反正人不想吃的全扔给它吃。豆秧子、青苜蓿、黄麦草、空葵花盘，这些东西晒干，粉碎，算是主食。有口吃的就好，黑猪不挑食。但是葵花盘被雨泡坏之后发霉，黑猪就不肯吃了。它只是笨猪，一点儿也不想当病猪。

屋子里那么乱，塞满葵花盘，厚厚一层尘土。但是眼下也顾不得其他，先把葵花盘捶完再说。帐篷里黑灯瞎火，弟弟摸黑翻跟头，嗵一声掉在地上。我学口琴，吹得乱七八糟。夜深了，爹捶打葵花盘的声音，让我感到踏实心安。那砰砰声一直陪着我们进入梦乡。

阴雨下呀下呀，一天比一天冷，我们的日子泥腿泥脚。邻居家的帐篷被大风吹塌，他们索性回屋睡，不管地震。只有青梅家的帐篷最结实，她家有六七条羊毛白毡，全都拿来缝在一起搭帐篷。她家的帐篷不漏雨，暖和，挤着一窝小孩。

我的小喽啰乌牙，因为长着一口黑乌乌的牙齿，没人和她玩，就投奔到我麾下。乌牙家的日子过得邋遢，她妈妈又矮又瘦，经常被妯娌们揪头拔毛摁住打，很可怜。穷困潦倒的一家人搭不出来帐篷，就用剩下的地膜胡乱缠出来一个奇怪的帐篷车。

乌牙爹也是个人才。一架破旧的架子车，车辕支撑稳当，然后把柳枝子拿火烤柔软，做一个拱形的骨架，固定在车栏，缠上地膜，看起来像蓬蓬车。三个小女孩挤在蓬蓬车里，盖上厚被子，嘻嘻哈哈怪美的。

乌牙家的三个小女孩不上学，也不渴望一些东西——绿色的印着黄河铁桥的塑料文具盒、红色纱巾、湖蓝色裙子、高跟鞋。这些东西离她们很远，连期待都不会有。

好像有那么一天，大人们说不用防地震了。家家户户拆掉帐篷，打扫屋子，日子回到往常。第一场清霜落下后，雨停了。

沙漠里的太阳晒起来，就算深秋也很烈。我们忙着晒被子、晒帐篷、晒葵花子，一天到晚主打一个晒字。白菜一棵一棵拔出来，晒蔫，清洗后腌酸菜。芹菜、辣椒、胡萝卜洗净，切碎后腌花菜。茄子晒干，南瓜搬到房顶上去，萝卜、土豆挖出来入窖。

后来，想起那样繁忙的光阴，我觉得有些不真实——我们真的那样繁忙过吗？爹像机器人一样劳碌，为啥从来听不到他喊累？那年的雨那么多，是沙漠该有的天气吗？一切那么虚幻缥缈，我怀疑是一场梦。

弟弟甚至记不清这些。他只记得爹捶打葵花盘的声音，咳嗽的声音，还有雨点吧啦吧啦打在帐篷上的声音。他记得背一会儿课文就睡了，我在他耳边叨叨。早上醒来，外面下着雨，一棵向日葵花盘挤进帐篷。爹在院子里劈柴，黑猪饿得吱喽喽叫。

再也没有那样安逸的感觉了，弟弟说，有时候早晨醒来，听见院子里有人劈柴，恍然觉得回到了小时候。那一刻，特别安心。

后来的日子，一切都是混合的——汗水混合泪水，惊愕混合习惯，贫穷混合努力。过去的日子和现在的生活共存。是一些经历，是父亲留在时空里的几声咳嗽，或者是劈柴声，帮助我们走出困境。

那年夏天，我们留下过一张黑白照片：花园里蜀葵开得如火如荼，爷爷坐着，我和弟弟站在他身边。我脚下是海娜花，爹种了给我染指甲的。爹的衬衫太破旧，就没有和我们一起照相。因为这张照片，我才觉得，那个多雨的秋天确实是存在过的，并非梦。

老牧人提到雅尔加族山谷时，说那些雪厚得惊人。而我一遍遍想起沙漠，那年的雨也多得惊人。他的雅尔加族山谷，是从一场雪到另一场雪。而我的沙漠，一辈子可能就那一场大雨。他会一直生活在雅尔加族山谷，而我，早已回不到沙漠了。

风再大，沙漠还在人间

春天了，大风呼呼揭地皮。腾格里沙漠的风，要数春天最厉害。黄沉沉的，卷着沙砾和枯枝败叶，从沙漠深处一场一场赶来，袭击村庄。沙子打在脸上，火辣辣地疼。打在窗子玻璃上，发出簌簌的响动。

大风越刮越粗鲁，竟然卷来厚厚黄沙，把半截土墙都给埋住。村庄里的人们笑自己：吃一回干拌面，洗一回脸。吹一回大风，扫一回院。

这都是腾格里沙漠的寻常风，不会兴风作浪，吹一吹就散了。那么，不寻常的风是什么？它叫旱魃。

你都想不出来旱魃是什么样子，皆因没见过。它有点像龙卷风，粗大、笨拙，又狂暴又猛烈，摇摇晃晃从沙漠深处扭过来，一直旋转着，焦躁不安，直摇晃到云层里去，简直遮天蔽日。确切地说，旱魃像沉黄的洪水一样，洪流滚滚，所过之处，万物都被它击打得满目疮痍。

倘若旱魃刮到村庄里，那可就遭殃了。小树啦，狗窝啦，院子里的簸箕啦、水桶啦，统统都给卷到天上去，卷到浑浊的黄沉沉的旋涡里，在高处摇摇欲坠。说不定连屋顶都给揭走。旱魃所向披靡，所到之处，片甲不留。那种疯狂简直叫人胆战心惊。

不过，旱魃怕水。有水的地方，它来不了。旱魃要想席卷村庄，必须得涉过干河——是的，干河是千年之前的一条河流，有两里路那么宽，里面没有水。当时的匈奴和汉朝隔着河射箭，喊叫，打仗。千年的时间太久了，河水干枯，河床里全是各种各样的石头。

可是，就算是一条干河，旱魃也根本跨不过。它气势汹汹地从遥远的天际线卷过来，扶摇直上，像怪物一样，摇晃过来，发出一种鬼哭狼嚎的声音，瘆人又凄凉，越刮越猛，直扑村庄。

但是，当它发疯似的翻卷到干涸河床上的时候，像被沙石绊了一跤，突然步履艰难，它的狂野似乎被什么东西束缚住，风势顿然塌陷下去，越摇越细，而且出不了干河，一直在河床上翻卷腾冲转圈。扑腾来扑腾去，旱魃渐渐细瘦无力，风一缕一缕被干河剥去皮，只剩下个旱魃芯在挣扎。最后，被干河抽去风芯，软软倒地，散去了。

肯定是河床上的十万石头使出绊脚，绊倒旱魃，拆散旱魃的骨头，摁住旱魃一顿打。

我无数次站在房顶上看旱魃，一直看到烟消云散，才跳下墙头跑到巷子里。我和小伙伴们远远地对着旱魃吐唾沫，扔石子，企图遏止旱魃扑到村庄里来。后来，我们发现旱魃根本过不了干河，也就不再胡折腾了。叫骂和吐口水根本没有用，旱魃是披头散发的黄风怪，就爱捣鬼。

我们恶狠狠地咒骂，让旱魃死在干河里吧，变成旱魃鬼吧——整个春天，无数狂躁的旱魃死在干河里。大旋风豁出命把自己的筋骨卷断，活活累死。它不能吹塌我们的毛驴棚子，不能拔走我们的树苗，不能揭走土豆地里的地膜，不能把我们缺衣少食的生活搞得更加贫穷。

老黄风可不管，它又不是旱魃，天天来吹，直刮得小孩们土眉沙眼窝，一个个土拨鼠似的。但是，小孩们顽强地在风沙里玩耍，挥舞着枯黄的向日葵杆子，玩得天昏地暗，根本不把黄风当回事。我们齐声呐喊着：芨芨墩，绊马索。你点十万兵，我有黄沙阵。你有菊花青，我有朝天戟……

大人们天天忙个不停，准备化肥啦，种子啦，农具啦什么的。他们看上去都很快活，因为一年之计在于春嘛。他们对未来的日子充满期盼，在荒漠里种出庄稼，也算是令人高兴的事情呢。毕竟，用收获的粮食，喂养空荡荡的胃，那才是最真实的生活。

村庄在黄风里像一只船似的，又孤独，又模糊不清，远远看去还有点简陋。比起冬天的干硬来，春天的白杨树枝条柔软了许多，甚至枝条上都冒出鼓鼓的芽苞，褐红色的。大风落下去的时候，白杨树们直直地挺立在巷子里，干净肃穆。大群的麻雀绕着树梢飞旋，有的零零落落落在墙头上，唧唧喳喳。

多大的风都吹不走麻雀。麻雀是很野气的鸟儿，根本不能养在笼子里。倘若谁非要养麻雀，非得把它给愁死不可。麻雀就喜欢在大野里自由自在飞翔，吃虫子、草籽，喝露水。大风刮来的时候，麻雀不见踪影。大风歇下时，大群麻雀扑棱棱飞出来——无论多大的狂风，麻雀都在人间。

我和萍萍、秋子常常结伴，过了干河去对岸沙滩上玩。春天啥都没有，无聊得很。最多也就跑到沙滩上瞎逛，哼哼唧唧唱童谣：沙湾湾里出茄子，一巴掌打成几截子。我一截，他一截，就是没有给你给上半截子，哈喇子淌了一碟子。

沙滩上急急忙忙跑着黑色甲壳虫，又笨又丑，留下稀疏的爪印儿，斜斜穿插到远处。瞎老鼠从洞里伸出半截身子，探头探脑，警惕地朝四下里看。沙雀子箭一样射过来，叼起一粒甲壳虫，疾疾撤回。风吹着蛇褪下的空皮，呜呜响。几只刺猬，畏手畏脚地躲进枯萎的草窠里，小眼睛滴溜溜瞅。沙狐狸的洞塌陷下去，门庭冷落。

难看的沙雀子，把自己的羽毛长成和沙滩一样的颜色，刚从沙丘那边连蹦带跳跑过来，猝不及防撞见我们，吓得一个趔趄，一扇翅膀飞上天去。沙蜥蜴卷着尾巴，把尾巴背到脊背上，撒开脚爪狂奔。遇见花腹鸟，就一头扎进沙子，留下卷着的尾巴在沙子上甩哒。

花腹鸟伸出长嘴，点一下脑袋，啄起沙蜥蜴，拍着翅膀飞起。可怜的沙蜥蜴，又甩尾巴又蹬腿，在半空里挣扎。一群沙鸡子疯疯癫癫从沙湾里蹿出来，把脑袋伸进沙棘丛里找吃的，而且发出唧唧呱呱粗糙的声音。

三个小孩坐在沙滩上，看虫子，唱歌谣，寻找野骆驼，听风刮过沙丘发出窸窸窣窣的声音。沙滩就是我们的全世界。

大风终于不那么猛烈，它们刮得沙地酥软，过些天就可以撒种了。不过，村子里牲口少，萍萍家啥也没有，连羊都没有，拿什么犁地播种呢？萍萍爹和秋子爹商量了好久，要进沙漠去抓野骆驼。前两年，就是抓来的野骆驼帮助他们种地的。

想想看，那是 20 世纪 80 年代初的时候，人们都很穷。村子里也没有拖拉机之类的机器，全是二牛抬杠。家家都有广播，可以听到外面的世界。那些声音，可能是大风刮来的。

事实上野骆驼很凶，根本不好好拉犁铧。但是，有总比没有好哇，一拐一扭，总是可以把种子犁到土壤里。野骆驼的脾气暴躁，干一点儿活儿，就发出震耳欲聋的嘶鸣声，也够吵闹的。可是，没有办法呢。等它们耕完地，就撒开笼头，野骆驼一路狂奔，绝尘而去，进沙漠了。沙漠是野骆驼的全部世界。

想起去年的野骆驼，我就觉得烦人。天哪，那是什么骆驼呀，它不肯走犁垄，扭头甩脖子，一心想挣脱套索逃命，鼻子里突突喷着气，像喷火那么愤懑。

萍萍爹紧紧扯住缰绳，大声吆喝，嗓门一声比一声高，想在气势上压住野骆驼。尽管他牢牢掌控住犁铧扶手，但犁铧还是做曲线运动，根本犁不直。野骆驼简直生气极了，它本在沙漠里逍遥自在，却突然被捉拿到村庄里拉犁铧，被奴役，气得简直想一口把人类吞噬掉。

想想也是，人家野骆驼是野生的，又不是谁家的牲口，凭什么要干活儿呢。你都不顾它的意愿，一阵风似的捉来让它干活，野骆驼有理由暴躁哇。

萍萍爹想制服骆驼，就甩了一鞭子，野骆驼被激怒到了极点，它的鼻孔里喷出一种黏稠的糊状液体，大吼几声，恶狠狠朝后蹬了两蹄子——幸好萍萍爹躲得快，不然一蹄子就把他踹翻了。

一天活儿干下来，人和野骆驼都用力过度，简直精疲力竭，再也不能动弹。野骆驼又气又累，还挨了鞭子，难过得掉下眼泪来——它的眼睛离下巴实在远，一滴眼泪滚了几滚就不见了，原来是半途被风吹掉了，没滚到下巴上。

萍萍爹咬牙切齿地说，等我有钱了，就买两匹大牲口，天天换着使唤，再也不受这种窝囊气——这难以驯服的野东西，简直把犁铧都要捣毁了，我的腰都快扭断了，嗓子都吼哑了。

就这样，野骆驼别别扭扭帮萍萍家种好了地，当然，说野骆驼愤怒地帮她家种好了地也行。总之，春耕结束的那个下午，萍萍爹喂饱了野骆驼，饮水，梳理毛发，然后一撒手，撤去套索，放它回归沙漠。

野骆驼一开始没有弄明白，迟疑地往后退了几步。它抖抖身子，确信没有绳索束缚着。扭扭头，也没有笼头嚼子，确定一身轻松。然后激动地仰天吼叫一声，调转身子，绝尘而去。大路上留下一股细细的扬尘。它驼色的身影慢慢变成一个点儿，直到看不见。沙漠才是它的老巢。

一年过去了，萍萍家仍然没有买到牲口，连头小毛驴都买不起。真心穷啊。如果抓不到野骆驼，萍萍爹只能把自己当作野骆驼拉犁铧，是的，只能这样。

他的肩上斜斜挂着索套，像纤夫那样身子拼命朝前探，几乎要扑倒在地了。萍萍妈扶着犁铧把，一点一点艰难啃着沙地。精神上的落魄和身体上的苦痛，几乎把两个大人折磨成皮包骨头的憔悴人。

为啥不借一匹别人家的骡子呢？你想想，春耕就这么几天，沙地里刚灌了春水，得拼了命耕种。稍微迟一点儿，沙地就干透了，种子不发芽。所以，家家户户都不分昼夜地种地，匀不出来牲口借给别人家。

我家养着一匹灰毛驴，很能干活，就是脾气急躁，动不动尥蹶子。

秋子家虽然有一头黄牛，但是那头牛，怎么说呢，也太磨叽了，肉得很。走路扑塌扑塌，连哞哞的叫声也缓慢得不像话，软塌塌的，有气无力。至于干活，能把人急死，它根本就不打算痛快出力气，惜力得简直不行，连秋子都替它着急。

仅仅是这样也就罢了，村里人都骂它，老牛不死，稀粪不断。可是黄牛吃草嘴刁得很呐，你以为人家脾气好？错，是地道的犟牛脾气。它不吃黄草，多好的麦草，多柔韧的谷草，都不吃。它只吃一种草，苜蓿。春夏秋吃鲜嫩的苜蓿，冬天吃晒干的苜蓿。干苜蓿长长地囫囵丢给它，也闹腾着不吃，要吃铡好的。不但要铡好，还要挑去老梗，留下细嫩的才肯吃。

秋子爹气哼哼地骂道，惯出来的毛病，老子偏不妥协。就一槽黄草，不吃拉倒，饿死算了。果真，黄牛想把自己饿死。就算它饿得流眼泪，饿得一头栽倒，也决然不肯吃黄草。

那天清晨，秋子爹看见饿晕的黄牛软软地倒在地上，吓坏了，赶紧跑到厨房里端来一盆清水，撒了麸皮，给它灌下去，救活了它。无论怎样，一头牛在家里，是一笔不小的财富，万万不可随便损失。

就这样，这头黄牛养尊处优，不好好干活，但吃得极好。秋子爹几次想把黄牛卖了重新买一匹骡子，但是这头牛并不好卖。因为它不肥，甚至有点瘦骨嶙峋，没人要。指望它干活的人家，早就听到了它懒惰挑食的传言，根本不会买。他们说，买一头好吃懒做的牛干什么呢？还不如买一匹骡子，干活多痛快。

秋子爹哀叹说，唉，人怕出名猪怕壮。我家的牛懒惰的名声已经传扬出去了，丢人哪，卖都卖不出去。

秋子纠正说，不是丢人，是丢牛。牛虽然也要面子，但是丢了也无所谓。

这头古怪的黄牛，就这样不紧不慢地吃草，眼角堆满眼屎。它拉着车子，慢吞吞地干活，看上去很无辜的样子。有一天，秋子顿悟似的说，依着我看，这头牛并不是成心这样，它可能是生病了，慢性病，所以才不能出大力气，才挑食。

真是一语惊醒梦中人。秋子爹拍着大腿哎呀一声说，天哪，说不定这头牛生了牛黄。那样咱们就发财啦，牛黄是贵重药材，卖了足够我们盖一院子新房子啦。连骡子都可以买得起。

自此，这头黄牛受到了无比尊贵的待遇，秋子家等着它生牛黄。牛黄类似于牛的胆结石，不是一天两天能长好的，得好几年才行。后来，他家又凑钱买了一头老黄骡子，好歹能使唤种地。

暮春，大风终于歇下去，变成清风。沙漠里的风，就算是清风，也不小呢，吹得脸疼，把头发吹成乱鸡窝。

天气渐渐暖和，沙蜥蜴不再蛰伏在洞穴里，一天到晚在沙滩上卷着尾巴乱窜。几个小孩子闲得无聊，过了干河，去沙滩上捉沙蜥蜴来喂鸡。那时候，谁家都没有电视，广播只播一个小时，周末简直太闲了。

小伙伴们变成了沙蜥蜴杀手，出现在沙滩上。秋子抢着树枝子，盯住一只沙蜥蜴穷追猛打，逃命的沙蜥蜴跑不动，累得直栽跟头，轻松被擒拿到玻璃瓶子里。

鸡不多，捉一瓶足够了。瓶子装过高粱酒，很大，几乎像个坛子，得抱着走，拎着可不行。

秋子骑在鸡窝的矮墙上，倒悬着瓶子，瓶口朝下。萍萍拿木棍轻轻磕，把瓶子里的沙蜥蜴都磕到地上。鸡们兴奋地伸长脖子，奓毛怒目，像是沙蜥蜴前世的仇人。

鸡们咯咯咯粗声叫着，追逐晕头转向的沙蜥蜴。可怜的沙蜥蜴，抱头鼠窜——如果它有手有胳膊的话。小的沙蜥蜴，被母鸡一口啄起，在空中猛烈地甩，直到把沙蜥蜴的脊椎骨给甩断，不再挣扎，软绵绵地垂下尾巴。然后被一口吃掉。

可是，也有健壮无敌的大沙蜥蜴，又粗又大，秋子称为沙霸王。沙霸王张牙舞爪，扬起脑袋，示威一般。母鸡降伏不住，大公鸡亲自出马。公鸡们本就好斗，见沙霸王如此抗拒，顿时亢奋起来。它们一爪子刨翻沙霸王，可怜的沙霸王四蹄朝天——不，是四爪子朝天，露出青白粗糙的肚皮。

公鸡劈腰啄起沙霸王，脖子一伸一缩，在空中摔打，要摔得沙霸王骨头脱节。沙霸王死命挣扎，尾巴、爪子乱蹬乱卷。公鸡一口吞下沙霸王——吞到一半，咽不下去，因为沙霸王太大了，而且在竭尽全力动弹。可怜的公鸡，脖子撑得直梗梗的，眼珠子瞪圆，努力往下咽。而沙霸王拼命往外弓腰踢腿，差点儿噎死公鸡。

太惨烈了。我看了半天，实在不忍心。唉，沙蜥蜴除了生得难看点之外，也没什么罪过，却被捉来喂鸡。

当然，它们没有罪过，可是鸡饿呀。只有鸡吃饱了，才会下蛋，才能有鸡蛋吃。秋子有他自己的道理，又继续说，我不喜欢沙蜥蜴，披着麻癞癞的皮，颜色又这样难看，灰楚楚，黄辣辣，走路贼头贼脑，还把尾巴卷起来，卷到脊背上。这样也就罢了，皮肤竟然那么粗糙，沙子一样，恶心得很。

萍萍说，这是动物的保护色。唯有这样难看的颜色，才可以混到沙漠里不被发现。它生在沙漠里，自然皮肤和沙子接近，很粗糙。动物要适应环境才能生存。

秋子大声说，花花你想想看，沙蜥蜴那么多，装满了整个沙漠。沙蜥蜴吃甲壳虫，沙雀子吃沙蜥蜴，鹞子吃沙雀子，沙漠狼捕食鹞子，就是一个食物链嘛。所以，鸡吃几只沙蜥蜴怎么啦？下周还要去捉。

我只好同意小伙伴们的看法。

鸡们呱呱呱大声叫着，很是亢奋。确实，弱肉强食是自然界的法则。鸡窝里有时有鸡蛋，有时空着。鸡们吃了沙蜥蜴，下双黄鸡蛋。鸡蛋太大了，母鸡们下得很费力气，蛋壳上常带着一抹血迹。

我们只有周末可以去沙滩上，其余时间不行，得写作业。晚饭后小孩们总要凑起来玩一会儿，再到村子西边一座废弃的破庄廓里找沙蜥蜴。虽然不多，但足够鸡们吃一顿。

一般来说，我们不愿意到庄廓里面玩，因为杂草啦，土坯啦，乱石头啦，虫子、老鼠啦，龌龊得很。顶多，也就是骑在破破烂烂的墙头上玩会儿。

不过，要找沙蜥蜴，就必须进到废墟中间，扒开乱石，捅草窠，这样才能惊动沙蜥蜴。但是老鼠太多了，在脚底下逃窜，委实吓人。有时候，还会看见一蹿一蹿的小白蛇，拖着尖细的尾巴不慌不忙游弋。它知道自己有毒，用不着仓皇逃命。还有红嘴乌鸦，站在墙头懒洋洋地看着小孩儿们，目光轻蔑。

比我们小的一群孩子还没上学，和我们掺和在一起疯玩，大声唱着：娃们娃们玩来，天上掉下个羊来。掉到谁家锅里了？掉到张家锅里了。你一碗，我一碗，留下一碗接农官。农官不扎红头绳，我是天上的夜流星。

傍晚的风丝丝缕缕吹过巷子，柔和多了。树叶子撒开，麦苗遮住地皮。巷子里跑来跑去的全是土狗，混的一身沙土，尾巴摇得快要断了。这些狗有的有名字，虎子、爪爪、兔子、狗腿腿。有些狗没有名字，似乎不值得取个名字。

蓝天是鹰的家，大树是鸟的家，沙漠就是风的家。风来风去，风像风一样自由。20 世纪 80 年代的沙漠小村都这样，朴素、安静，在大地上生生不息。小孩儿们爬树，骑墙头，在腾格里沙漠的大风里跑来跑去。他们是快乐的，就算一根干枯的葵花秆，也能当作一匹骏马，骑着它驰骋。腾格里沙漠的大风吹大的孩子们，都有着坚忍不拔的性格。

沙漠里很少有下雨下雪的时候，总是刮风。大风吹着村庄，我们在一场接一场的风里长大。风游走在天地之间，是腾格里沙漠最古老的誓言，爱怎么吹就怎么吹吧。无论大风怎么吹，沙漠还在人间。